Klaus Uhlenbrock · Bauernopfer

Horstmar, 9. 11. 05

Als Erinnerung an
„Horstmar"

Klaus Uhlenbrock

Klaus Uhlenbrock

Bauernopfer

Ein Steinfurter Kripo-Krimi

Tecklenborg Verlag

Impressum

Das Papier wurde aus chlorfrei gebeichtem Zellstoff hergestellt

Die Deutsche Bibliothek – CIP-Einheitsaufnahme

Bauernopfer
Klaus Uhlenbrock – Steinfurt, Tecklenborg Verlag 2005
ISBN 3-934427-86-3
NE: Uhlenbrock, Klaus

1. Auflage Juli 2005

Printed in Germany
Druckhaus Tecklenborg, Steinfurt

ISBN 3-934427-86-3

I

Für den Postboten Ulrich Reimann, genannt *Uli,* war es der letzte Stopp auf seiner morgendlichen Tour. Das Gehöft lag ganz am Ende der Leerer Bauernschaft, abseits jeglicher größeren Straßen, die eine Anbindung an den normalen Durchgangsverkehr erlaubt hätten. Die Tour war langwierig. Zum Glück hatte man Reimann vor einem halben Jahr ein Auto zugestanden; vorher musste er die Strecke von etwa sieben Kilometern mit dem Fahrrad bewältigen.

Reimann kannte den Besitzer des Hofes in- und auswendig. Oft genug hatte der alte Heinrich Jeschke ihm von seinen Problemen erzählt, und der Postbote hatte versucht, so gut er konnte, Hilfestellung zu leisten. Der einzige Verwandte, von dem der Landwirt immer wieder sprach, war sein Neffe, ein Ingenieur, der in Berlin lebte. Ab und zu schickte er seinem alleinstehenden Onkel ein bisschen Geld, das dieser bitter nötig hatte, denn von der Rente, die er bekam, konnte er kaum leben. Andererseits aber lehnte er vehement den Vorschlag seines Neffen ab, den Hof und die angrenzenden Äcker zu verkaufen und sich dann in einem Altersheim zur Ruhe zu setzen. Er wehrte sich mit Händen und Füßen dagegen, das Land abzugeben und wegzuziehen. Das Land, auf dem er geboren war, auf dem er gelebt hatte und auf dem er auch sterben wollte.

Reimann hielt auf dem Innenhof, nahm die Briefe an sich und stieg aus. Normalerweise kam ihm der Bauer entgegen; irgend etwas hatte er immer draußen zu tun. Reimann selbst hatte Jeschke vor einiger Zeit in strömendem Regen Blumen einpflanzen sehen. Ein komisches Bild; dicht unter einem Regenschirm verborgen, pflanzte er Veilchen in den schmalen Vorgarten, der sich eng an das Haupthaus schmiegte. „Der Mond steht günstig“, hatte er sein Tun verteidigt. „Das muss man nutzen.“

Uli Reimann hatte ihn nicht, wie viele andere, für verrückt erklärt. Vielleicht etwas verschroben. Aber durfte man das mit 82 Jahren nicht auch ein bisschen sein? Wenn man nichts anderes kannte als ein hartes Leben auf einem Gehöft, das kaum etwas anderes abwarf als Arbeit?

An diesem Tag kam ihm Jeschke nicht entgegen, und gegen alle Gewohnheiten trat Reimann ohne Aufforderung in das Innere des Hauses. Der süßliche Duft frisch eingemachter Quittenmarmelade drang ihm in die Nase. Reimann rief laut eine Begrüßung, aber niemand erwiderte seinen Gruß.

„Seltsam“, kam es ihm in den Sinn.

Er wandte sich in die Küche und legte die Post auf den Tisch. Bevor er sich abwandte, warf er einen letzten Blick durch das Zimmer. Ihm fiel auf, dass es sehr still war. Unruhig zog er die Stirn kraus, trat neben den alten Herd, der noch wie in alten Zeiten mit Holz befeuert wurde. Jeschke hatte sich nie durchringen können, sich einen Gasherd zu kaufen. Wie so viele andere Dinge tat er es als neumodischen Kram ab.

Die Holzscheite waren erloschen, aber das eingedickte, zähe, fast faulig stinkende Quittenmus sprach gegen den Ordnungssinn des Bauern. Reimann kroch ein eisig kalter Schauer über den Rücken, ohne dass er sagen konnte, warum. Er drehte sich zur Tür um. Es war vielleicht besser zu gehen, überlegte er. Dann aber hielt er doch inne. Diese Ruhe. Plötzlich wusste er, was fehlte. Es war das leise Ticken der Pendeluhr aus dem angrenzenden Wohnzimmer, das als Detail zu dieser Küche einfach dazugehörte, wie er sich erinnerte. Jetzt war es ganz still. Viel zu still.

Der Postbote trat durch die offene Tür in die Wohnstube. Alles sah sehr ordentlich aus, so, wie er es von Jeschke gewohnt war. Sein Blick traf die Uhr, ein monströses Ding, dessen Uhrwerk nur durch tägliches Aufziehen der Gewichte in Bewegung gehalten wurde.

Das Pendel stand still, so, als wäre die Zeit stehengeblieben und nicht nur die Uhr. Von draußen drangen Vogelstimmen durch das angelehnte Fenster. Fliegen surrten vor dem Glas herum und trieben den Postboten, immer unruhiger werdend, aus dem Zimmer. Ihm kam erneut der Gedanke, das Haus zu verlassen. Doch um sich selber zu beruhigen, dass mit dem alten Bauern alles in Ordnung war, schritt er in die Diele und rief laut dessen Namen. Immer noch keine Antwort. Nach und nach betrat Reimann jeden einzelnen Raum, bis er schließlich ins Schlafzimmer kam.

Zunächst achtete er nicht auf das bis zum Kopfkissen hoch gezogene Federbett. Nervös warf er unkonzentrierte Blicke über die Kommode mit den vielen Heiligenbildern, dem hohen, altersschwachen Schrank und über den niedrigen Nachttisch. Gerade als er den Raum wieder verlassen wollte, bemerkte er den dunkelroten Fleck auf dem Bettuch. Als hätte jemand Rotwein unter der dicken Decke verschüttet, hatte sich die Flüssigkeit ihren Weg gesucht und triefend auf dem Holzfußboden eine Pfütze gebildet.

Seltsamerweise spielte in Reimanns überreizten Nerven das Detail der am Bettpfosten erstarrten Tropfen eine gewichtige Rolle. Obwohl sie, als er die Decke zurückschlug, nur zu einem eher nebensächlichen Element wurden.

II

Es war kurz nach zwölf Uhr mittags, als Hauptkommissar Heinz Bauer endlich die schmale Zufahrt zu dem Bauernhof gefunden hatte. Zuvor war er über eine drei viertel Stunde herumgeirrt, hatte zahllose Wirtschaftswege abgefahren und war letztendlich fast immer in einer Sackgasse hängengeblieben. Die Wegbeschreibung seines jungen Kollegen Alexander Holtkamp war mehr als ungenau gewesen. Über detaillierte Ortsbeschreibungen musste er unbedingt noch einmal mit ihm reden.

Bauer hatte erst heute morgen nach einem einwöchigen Urlaub, den er bei seiner Tochter in Köln verbrachte, seinen Dienst angetreten. Das erste, was ihn in seinem Büro erwartete, war die flüchtige Mitteilung seines jüngeren Kollegen Holtkamp, dass in einer Bauernschaft irgendwo im Niemandsland zwischen Steinfurt und Leer ein älterer Landwirt nach ersten Erkenntnissen Selbstmord begangen hatte. Holtkamp selbst hatte die üblichen Mitarbeiter angefordert; den zuständigen Pathologen, die Spurensicherung, auch den Staatsanwalt musste er bereits informiert haben. Bei unklaren Todesfällen ein übliches Prozedere.

Heinz Bauer hätte sich einen ruhigeren Start in seinen Dienstalltag gewünscht, trotzdem tat es gut zu sehen, dass einige Sachen auch ohne seine Anwesenheit funktionierten.

Gerade als er sein Büro verlassen wollte, erwischte ihn Monika Engelhardt, die Telefonistin des Präsidiums, mit der Bitte, Staatsanwalt Roberts zurückzurufen. Bauer winkte ab und verschob das Gespräch auf einen späteren Zeitpunkt.

Was er zunächst brauchte, war ein erster Stand der Untersuchungen vor Ort. Vorher wollte er nicht mit Roberts sprechen.

Er trieb seinen Roller zur Höchstleistung, bevor nach einer letzten Kurve der Hof und mit ihm einige Polizeiwagen in sein Blickfeld kamen. Holtkamp hatte ihm während eines Telefonats von seinem Büro aus kurz berichtet, was ihn erwarten würde. Und die Vorstellung, den Tag mit einem erschossenen Landwirt zu beginnen, trieb ihm seit dem Gespräch Schweißperlen auf die Stirn.

Er stellte den Roller nahe eines Schuppens auf den Ständer. Zwei uniformierte Beamte traten soeben aus dem Gebäude und tippten grüßend an ihre Mützen. Er nickte nur flüchtig.

„Wo finde ich denn meine Kollegen von der Kripo?“

Einer der Polizisten deutete zum Haupthaus. „Sind drüben beim Gerichtsmediziner.“

„Danke.“

Bauer wandte sich dem Haus zu und überlegte, ob Doktor Henson wieder einmal der besagte Gerichtsmediziner war. Henson und ihn verband eine lockere Freundschaft, die sich zwar auf die Arbeit beschränkte, nichtsdestotrotz aber über eine normale Routinezusammenarbeit hinausging. Als eigentlicher Chirurg war die Pathologie mehr ein Nebenjob für den Mediziner. Sein Salz in der Suppe des trüben Alltags, wie der Arzt jedoch gerne betonte.

Als der Hauptkommissar in die Diele des Hauses trat, kam ihm Holtkamp entgegen.

„Na endlich“, grinste er überschwänglich. „Der Chef

höchstpersönlich. Wie bestellt."

Bauer verzog das Gesicht. „Sehr witzig."

„Wo warst du so lange? Wir warten seit Stunden auf dich."

„Darüber wollte ich noch mit dir sprechen."

Dem Hauptkommissar lag ein Tadel über die Wegbeschreibung auf der Zunge, doch er schluckte ihn herunter, als ihm zwei Männer mit einem Zinksarg entgegenkamen und er Platz machen musste.

„Ist er das?"

Holtkamp nickte und sah dem Sarg hinterher, bis ihn die Leichenbestatter in einen dunklen Wagen schoben.

„Ja, das war Heinrich Jeschke", gab er zurück.

„Wie alt?"

„Über achtzig. Wir fanden einen Abschiedsbrief neben seinem Kopfkissen. Also, eigentlich dürfte die Sache damit wohl klar sein."

Bauer rieb sich die Nase. „Ein Abschiedsbrief?"

„Ja. Meiner Meinung nach ist der Fall eindeutig. Ein depressiver, alter Kauz schießt sich die Rübe weg und fertig."

„Habt ihr nicht vielleicht doch Indizien gefunden, die auf einen Raubmord deuten könnten?", unterbrach ihn Bauer unwirsch. Die Ausdrucksweise seines jungen Kollegen stieß ihm nicht zum ersten Mal übel auf.

Holtkamp schüttelte abwehrend den Kopf.

„Alles sieht nach Selbstmord aus. Wir wissen nur, dass er seit einigen Jahren alleine auf dem Hof lebt und schon lange Zeit in Depressionen schwelgt. Wenn ich mir vorstelle, ich müsste ganz alleine wohnen …, ich, meine, hier draußen."

Sein Chef sah ihn ungläubig an. „Wie, alleine? Keine Frau, keine Kinder?"

Holtkamp lachte leise. „Soll's geben."

„Das wird die Sache nicht leichter machen." Bauer seufzte. „Na ja, dann zeig mir mal den Tatort."

„Kein Problem."

Holtkamp drehte sich auf dem Absatz um und führte seinen Vorgesetzten in Jeschkes Schlafzimmer. Dabei gab er kurze Kommentare über den toten Bauern.

„Also, Heinrich Jeschke, genannt Heini. Zeit seines Lebens war er Landwirt und lebte bis heute von einer bescheidenen Rente. Viele Freunde hatte er wohl nicht. Und sein letzter Arztbesuch liegt auch schon einige Zeit zurück, wie wir herausgefunden haben."

„War er mal verheiratet?"

„Früher, ja. Aber soweit wir bisher wissen, ist die Frau noch während des Krieges gestorben. Ich meine den letzten", ergänzte der junge Beamte grienend.

„Hatte ich mir gedacht", knurrte Bauer.

„Wenn ich Minnebusch richtig verstanden habe, können wir die Sache, die sich hier abgespielt hat, leicht rekonstruieren. Jeschke ging in sein Schlafzimmer, schrieb ein paar letzte Zeilen auf ein Blatt Papier, nahm sein Schrotgewehr an sich, verkroch sich unter seine Decke und hielt sich den Lauf in den Mund, bevor er abdrückte. Henson und die Spurensicherung gehen von einem möglichen Blackout aus. Soll ja bei nicht mehr so ganz rüstigen Rentnern durchaus vorkommen."

„Soll es manchmal geben", bestätigte Bauer vorsichtig, auch wenn ihn an dieser recht einleuchtenden These etwas störte.

Sie erreichten das Schlafzimmer, und Heinz Bauer beschlich eine innere Unruhe. Schon immer hatte er Hemmungen gehabt, der Brutalität seines Alltags in die Augen zu sehen. Und mit jedem neuen Tatort schien es extremer zu werden. Jeder Beruf barg das Risiko, eines Tages abzustumpfen; die Sucht, der Kick des Neuen starb und konnte einer lästigen Routine Platz machen, die sich manchmal sogar in Desinteresse verwandelte. Bauer hatte diesen Punkt noch nicht erreicht, aber er fühlte seit längerem, dass er sich ihm näherte. Er hatte nicht vor, als ausgebranntes Wrack in den Ruhestand zu treten; er wollte eines Tages seine Pension genießen. Aber bisher hatte er noch keine Möglichkeit gefunden, den eingeschlagenen Pfad zu verlassen und dem drohenden burnout zu entkommen.

Die Oberdecke war zurückgeschlagen. Einige in Weiß gekleidete Personen waren an mehreren Stellen im Zimmer auf der Suche nach Fingerabdrücken und anderen Spuren, die einen gewissen Ablauf in das Geschehen bringen konnten. Bauer begrüßte Minnebusch, den Chef des Spurensicherungs-Teams, mit Handschlag, ehe seine Augen das Bettlaken trafen.

An sich waren es weiße Leintücher, doch aus der oberen Ecke des einen heraus hatte sich, gleich einer Lavamasse, ein Strom roter Farbe ergossen, deren gezackte Seitenränder teilweise über die Bettgrenze reichten. An mehreren Stellen war das zähflüssige Blut sogar herunter gesickert und als erstarrte Tropfen hängengeblieben. Das Kopfkissen war von der Spurensicherung bereits entfernt worden, so dass dem Hauptkommissar der Anblick erspart blieb.

„Enorm, wieviel Blut ein Mensch im Körper hat“, kam es

Bauer beiläufig in den Sinn.

Holtkamp unterbrach seine Gedanken.

„Tja, Chef, hier hat er gelegen. Wir vermuten, er hat sich den Gewehrlauf in den Mund gehalten und abgedrückt."

„Wann?"

Holtkamp verzog die Mundwinkel und steckte die Hände in die Hosentaschen.

„Da ist sich Henson nicht sicher. Er meint, vielleicht gestern, vielleicht auch in der Nacht zuvor. Näheres kann er uns erst nach einer Obduktion sagen. Aber vielleicht können unsere Kollegen von der Spurensicherung vorher etwas beisteuern, wenn sie hier fertig sind."

„Wo ist Henson jetzt?"

„Sitzt drüben in der Küche und unterhält sich mit dem Postboten. Der hat die Leiche entdeckt und uns dann informiert." Holtkamp lachte. „Ich würde mal sagen, die Post war heute nicht zustellbar."

„Dein Humor in allen Ehren, manchmal ist er fehl am Platz", entfuhr es Bauer tadelnd, ehe Minnebusch erneut zu ihnen trat und sie über den bisherigen Fund an verwertbaren Spuren informierte.

„Richtige Spuren sind was anderes", gestand der junge Mann abschließend und schob seine Brille zurecht.

„Haben Sie Indizien gefunden, die darauf deuten könnten, dass es kein Selbstmord war?"

„Nein, bisher nicht."

Holtkamp mischte sich ein. „Die Haustür war offen. Laut Reimann, dem Postboten, war es normal, dass die Tür tagsüber offenstand."

„Es kann also sein", folgerte Bauer, „dass vielleicht doch

jemand hier war, der mit dem Tod von Jeschke zu tun haben könnte."

Minnebusch hob die Augenbrauen. „Sie vermuten einen Mord?"

„Vermuten ist zuviel gesagt", verneinte der Hauptkommissar. „Nennen Sie es mehr ein Gefühl. Solange wir nicht den genauen Ablauf und den Todeszeitpunkt von Jeschke kennen, sollten wir alle Möglichkeiten in Betracht ziehen. Auch einen eventuellen Raubmord darf man dabei nicht ausschließen. Haben Sie draußen auf dem Hof Reifenspuren gefunden?"

Minnebusch hob abwehrend die Hände.

„Soweit sind wir noch nicht. Wir haben direkt hier im Zimmer mit unseren Untersuchungen begonnen."

„Fehlen Bargeld oder sonstige wertvolle Sachen?" wandte sich Bauer an Holtkamp.

„Woher sollen wir das wissen, Heinz?" fragte er verblüfft. „Jeschke lebt seit Jahren wie ein Einsiedler. Wer außer ihm soll wissen, ob Bargeld im Haus war? Und ihn kann man im Moment nicht mehr dazu befragen."

„Stellt meinetwegen die ganze Bude auf den Kopf", gab der Hauptkommissar bissig zurück. „Durchsucht jeden Winkel, auch die Kaffeedosen. Jeder Fund kann uns weiterbringen."

Holtkamp verdrehte die Augen.

„Denken Sie wirklich, es könnte sich um einen Raubmord handeln?", fragte Minnebusch unterdessen.

„Ich denke gar nichts." Bauer zog seine Pfeife aus der Jacke und stopfte sie umständlich. „Ich sehe im Moment nur einen alten Mann, der aus bisher nicht bekannten Gründen aus dem Leben gerissen wurde. Vielleicht hat er sich selber erschossen, vielleicht aber auch nicht. Und dieses *Aber* gilt es aus der Welt zu schaffen. Ich spreche jetzt erst mal mit dem Zeugen, der ihn gefunden hat. Reimann, nicht wahr?"

Alexander nickte. „Ja, so heißt er. Er sitzt zusammen mit Henson und Ingrid in der Küche."

„Gut, dann führ mich mal dahin."

Uli Reimann stand noch unter Schock, als Bauer sich vorstellte. Flüchtig warf der Postbote einen Blick auf den Dienstausweis, ehe er erneut einen tiefen Schluck aus seiner Kaffeetasse nahm. Bauer setzte sich auf einen freien Stuhl in die Nähe von ihm. Er roch den lauwarmen Kaffeeatem des Postboten. Mit einem Kopfnicken ermunterte er seine Mitarbeiterin Ingrid Mertens, ihre unterbrochene Befragung fortzusetzen.

„Sie erwähnten gerade, dass Jeschke einen Neffen hat. Wissen Sie, wo er wohnt?"

Der Postbote zog sich nervös eine Zigarette aus seiner Packung und nickte dabei. „Ja, in Berlin. Der alte Jeschke sprach immer davon, dass sein Neffe der einzige in der Familie sei, der es zu etwas gebracht hat."

„Wissen Sie, wie er heißt?"

Reimann nickte. „Wolfgang Peters."

„Was macht dieser Peters denn beruflich?" fragte Bauer und reichte Reimann sein Feuerzeug.

Nachdem der Postbote seine Zigarette entzündet und den ersten Zug gemacht hatte, antwortete er: „Is'n Ingenieur."

„Ein Ingenieur?"

„Ja, mit eigener Firma und`ner Menge Auslandsaufträge, so weit ich das weiß. Der hat den Braten früh genug gerochen und ist noch vor den Politikbonzen nach Berlin gezogen.“

„Sie meinen den Umzug von Bonn nach Berlin?“

„Ja, der ganze Blödsinn mit der neuen Hauptstadt und so.“ Reimann winkte lässig mit der Hand. „War doch eh nur ‘n überflüssiger Schachzug, der bis heute Unsummen verschlungen hat. Darum geht es der Wirtschaft im restlichen Deutschland doch so Scheiße. Die Herren der Regierung haben die Kohle in Berlin mit Riesenschaufeln aus den Fenstern geworfen und tun das immer noch. Und wir gucken in die Röhre und müssen uns mal wieder mit weniger Kröten begnügen.“ Mürrisch fügte er hinzu: „Aber wem sag ich das. Ihr seid ja auch nur Beamte wie ich und kennt die ganze Schose.“

„Zumindest sind wir unkündbar.“

Reimann verzog seine Oberlippe. „Wie tröstlich.“

„Dieser Ingenieur, kennen Sie seine Adresse?“

Der Postbote schüttelte den Kopf. „Näh, keine Ahnung.“

„Na, das lässt sich ja noch wohl herausfinden.“

„Fragen Sie doch diese junge Dame, die hier seit neuestem ein und ausgeht.“

Verdutzt wechselte Heinz Bauer einen Blick mit seiner Kollegin. Bevor Ingrid allerdings etwas erwidern konnte, fiel ihr Henson ins Wort, der bisher ruhig im Hintergrund gewartet hatte.

„Herr Reimann erzählte uns, bevor du kamst, von einer jungen Frau, die vor ungefähr acht Tagen bei Jeschke eingezogen ist.“

„Eingezogen? Wie darf ich das verstehen?“ fragte Bauer erstaunt.

„Wir sind uns im Moment noch nicht sicher, Heinz", ergänzte Ingrid die Worte des Arztes. „So wie es aussieht, handelt es sich bei der Frau um eine Journalistin, die einen Artikel über allein stehende Landwirte und die betriebliche Zukunft ihrer Höfe für eine Fachzeitschrift schreibt. Wir fanden in einem der Räume hier im Haus ihren Koffer, eine Kameraausrüstung und einen Laptop."

„Aha. Und wo ist sie?"

Bauers Frage führte zu einer kurzen, fast lähmenden Stille. Reimann drückte seine Zigarette aus und schnalzte mit der Zunge.

„Darüber haben wir eben auch schon gerätselt", gestand er. „Wissen Sie, bis die junge Frau hier auftauchte, bekam der alte Jeschke jeden Mittag Essen auf Rädern, und zweimal in der Woche fuhr einer vom Caritas hier vorbei. Dann stand urplötzlich diese Reporterin vor seiner Tür, riss Jeschkes Leben an sich und brachte einiges durcheinander, wie man auf den Nachbarhöfen so hört. Ich weiß nicht, aber ich an Jeschkes Stelle hätte sie nicht bei mir einziehen lassen."

„Dazu kommt noch sein Abschiedsbrief."

Bauer sah Ingrid fragend an. „Was ist mit dem Brief?"

Ingrid schob einen zerknitterten DIN A4 Zettel über den Tisch, den Minnebusch sorgfältig in eine Plastikhülle verpackt hatte. Durch den durchsichtigen Schoner war die Handschrift deutlich zu erkennen.

Bauer überflog den Text, soweit er ihn entziffern konnte. Bei einigen der in Sütterlin geschriebenen Buchstaben geriet er ins Straucheln, aber er war sich sicher, den Inhalt verstanden zu haben.

„Von welchem Unfall schreibt er?" Seine Augen hefteten

sich auf Ingrid, die nachdenklich mit ihrem Kugelschreiber spielte und schließlich für alle antwortete.

„Das wissen wir noch nicht, Heinz."

Bauer las den kurzen Text laut vor.

„Ich halte es nicht mehr aus; es war ein Unfall, ich kann nichts dafür. Gebe Gott, dass man mir vergibt. Heini Jeschke." „Klingt seltsam, oder?"

„Der Mann war bei einem Kollegen von mir in Behandlung", versuchte Henson zu erklären. „Ich habe vorhin mit ihm telefoniert. Jeschke litt an Altersdepressionen. Seinen Abgang und diesen Brief könnte man damit begründen."

„Ich werde mich natürlich selbst noch einmal mit deinem Kollegen unterhalten." Bauers Worte bargen einen gewissen Verweis, auch wenn es nicht so gemeint war. Aber er mochte es nicht besonders, wenn sich Außenstehende in die Ermittlungen einbrachten.

„Ich habe Doktor Henson darum gebeten", fügte Ingrid zögerlich hinzu.

Bauer winkte ab.

„Schon gut. Herr Reimann, ist Ihnen noch etwas eingefallen, was uns weiterhelfen könnte? Wissen Sie, wo sich diese junge Frau aufhält?"

Reimann überlegte kurz und zog sich die nächste Zigarette aus dem Etui. Dann schüttelte er den Kopf.

„Keine Ahnung. Vielleicht recherchiert sie auf einem der umliegenden Höfe; das hat sie schon des öfteren getan. Ich habe sie vorgestern das letzte Mal gesehen, als ich die Post brachte", gestand er. „Da waren die beiden noch am Leben und saßen hier in der Küche."

Bauer machte sich einige Notizen.

„Vorgestern Morgen?“

„Ja, so gegen halb zwölf.“

„Ist Ihnen mal aufgefallen, ob Jeschke Streit mit ihr hatte?“

„Näh.“ Reimann verzog das Gesicht. „Mir schien es eher so, als hätte der Alte sie sehr gern. Der hat nie Kinder gehabt; vielleicht sah er in ihr einen Tochterersatz oder so was.“

„Aha.“

Reimann rutschte nervös auf seinem Stuhl hin und her.

„Sagen Sie, Herr Hauptkommissar, wenn Sie mich nicht mehr brauchen, würde ich jetzt gerne nach Hause fahren. Ich hab mir heute extra eher frei genommen, weil ich gleich einen wichtigen Termin habe. Ist das in Ordnung für Sie?“

„Natürlich, Herr Reimann. Es wäre allerdings gut, wenn Sie sich in den nächsten Tagen zu unserer Verfügung halten würden. Falls wir noch Fragen habe.“

Der Postbote nickte heftig. „Ist doch klar.“

Wenig später verließ er in Begleitung von Henson den Raum. Heinz Bauer blieb noch einen Moment ruhig sitzen und bat Ingrid, dazubleiben. Ihn ließ ein Gedanke nicht los, den er in Ruhe mit ihr besprechen wollte.

„Du hast dich länger als ich mit Reimann unterhalten“, begann er. „Hat er noch etwas gesagt, was ich dringend wissen müsste?“

Ingrid überflog ihre Aufzeichnungen.

„Eigentlich nichts Wichtiges.“

„Hattest du auch den Eindruck, dass er diese Journalistin für die mögliche Täterin hielt?“

„Ja, allerdings. Er machte keinen Hehl daraus, dass er sie nicht mochte, warum auch immer.“

„Hast du schon ihren Namen?“

„Wir haben zwar nicht ihren Personalausweis gefunden, dafür aber mehrere Artikel, die sie für ein wissenschaftliches Magazin geschrieben hat. Demnach heißt sie Vera Borg, ist dreißig Jahre alt und hat in Hamburg Journalistik studiert."

„Na, das ist doch schon mal etwas." Bauer schrieb sich die wenigen Daten in seinen Notizblock, ehe er sich über die Augen strich.

„Wie war eigentlich dein Urlaub, Heinz?", unterbrach Ingrid seine Gedanken. „Du siehst so müde aus, da könnte man denken, dass du dich nicht erholt hast."

Bauer entrang sich ein Lächeln. „Geh du mal deine halbjährige Enkelin besuchen, die dich den ganzen Tag auf Trab hält, dann reden wir weiter. Es war zwar schön, ein paar Tage auszuspannen, aber Christiane und ihre kleine Tochter haben unseren Besuch wohl mit einem Aufpasserdienst verwechselt."

„Das tut mir Leid. Und dann noch solch ein Einstieg an deinem ersten Arbeitstag."

„Der geht schon in Ordnung. Ich werde mich heute Nachmittag ein wenig erholen; meine Frau ist in Köln geblieben. Für sie geht der Stress noch weiter."

„Dann nimm dir den restlichen Tag doch frei. Alex und ich schaffen das auch alleine."

„Wo ist denn eigentlich Jürgen?" Erst jetzt fiel Bauer auf, dass er seinen älteren Kollegen und Freund Jürgen Arents noch gar nicht zu Gesicht bekommen hatte.

„Er hat sich vor ein paar Tagen krank gemeldet", bemerkte Ingrid. Bauer entging nicht das kurze Zögern in ihren Worten.

„Was heißt: Krank? Was hat er denn?"

Ingrid zuckte die Schultern.

„Ich weiß es nicht. Ich habe seitdem nicht mit ihm gesprochen. Frau Engelhardt hat seine Mitteilung aufgenommen und an uns weitergeleitet."

„Das kennt man gar nicht von ihm. Ich werde ihn nachher vom Präsidium aus anrufen und fragen, wie es ihm geht."

„Vielleicht solltest du besser bei ihm zu Hause vorbeifahren."

Wieder wurde Bauer das Gefühl nicht los, als verheimliche seine Kollegin etwas vor ihm. Sie wirkte bei ihren Worten betrübt, fast ängstlich. War etwas mit seinem Freund passiert?

Ehe er sie darauf ansprechen konnte, erschien Holtkamp in der Tür. Hektisch atmend konnte er kaum aussprechen, was ihn erregt hatte.

„Was ist denn los?", versuchte Bauer ihn zu beruhigen. „Hol erst einmal Luft."

Holtkamp hob abwehrend die Hände, schluckte kurz und sprach dann deutlicher: „Heinz, wir haben die Journalistin gefunden. Sie liegt hinten in der Scheune. So wie es aussieht, liegt sie da schon länger."

III

Als Heinz Bauer seinen Kollegen über den Hof folgte, ahnte er, dass sich auf diesem Bauernhof irgendein Drama abgespielt haben musste, dessen ganzes Ausmaß aufzudecken viele Tage, ja, sogar Wochen dauern konnte. Der tote Landwirt, den sie gefunden hatten, war nur eine Sache. Eine andere ruhte in dem maroden Gebäude, auf das sie sich zubewegten. Als er sich an den Kollegen vorbei in die dunkle Tenne schob, stieß ihm ein übler Geruch entgegen, der nicht nur durchtränkt von verfaulten Heuresten und Gülle war.

Das wenige Licht, das von außen in die Tenne drang, reichte ihm zunächst nur, um die Umrisse vieler aufgestapelter Kisten zu erkennen. Unmengen hölzerner Behälter, deren Vorhandensein nicht so recht in die Lebensgeschichte von Jeschke passten, füllten die Halle fast bis zur Decke. In dem Gewirr aus schmalen Durchlässen und Holzkistenwänden fand er mit Hilfe von Holtkamp eine Gasse, die zu einer der hinteren Außenwände führte. Als er mehrere Kollegen von der Streife erreicht hatte, blieb er wie angewurzelt stehen.

Jemand hatte die junge Frau auf einer Kiste aufgebahrt. Ihre Hände waren gefaltet, und der Unterkiefer war mit einem schmutziges Leintuch zusammengepresst worden, um zu verhindern, dass sich der Mund vor der Leichenstarre öffnete. Das Gesicht wirkte entspannt; sie schien zu schlafen, obschon die blassblaue Hautfarbe fast abstoßend das Gegenteil behauptete.

Bauer trat näher und beobachtete, wie Henson fachmännisch erste Untersuchungen begann.

„Wer hat sie gefunden?"

„Ich", erklang eine zaghafte Antwort auf Bauers Frage. Er drehte sich zu dem jungen Kollegen um und musterte ihn kurz. Der Polizist wirkte, als müsse er sich jeden Moment übergeben.

„Haben Sie etwas angefasst?"

Der Mann schüttelte den Kopf und hielt sich eine Hand vor den Mund.

„Sie sollten besser an die frische Luft gehen", riet Bauer. Der Beamte nickte und verließ die Halle. Bauer wandte seinen Blick wieder Henson zu.

„Wie lange ist sie schon tot?"

Der Arzt zuckte die Schultern und stand auf. Seine Stimme klang gedämpft, als er antwortete. „Vielleicht einen, maximal eineinhalb Tage. Da der Postbote sie vorgestern Morgen noch lebend gesehen hat, können wir von dieser Zeitspanne ausgehen. Natürlich kann ich erst mehr sagen, wenn ich sie obduziert habe."

„Kannst du schon sagen, wie sie starb?"

Henson zuckte erneut die Schultern.

„Bis jetzt habe ich noch keine Wunden entdecken können. Also, erwürgt wurde sie jedenfalls nicht, das steht schon mal fest."

Bauer trat an die Kiste. Der seltsam süßliche Duft, den die Leiche verströmte, drang ihm mit unausweichlicher Wucht in die Nase. Erst als er das Gesicht der Toten aus dieser Nähe betrachtete, fiel ihm etwas Merkwürdiges auf. Er winkte Ingrid zu sich.

„Schau dir doch mal ihr Make-up an. Fällt dir etwas auf?"

Ingrid beugte sich über die Frau.

„Jemand hat sie geschminkt", gestand sie erstaunt. „Sieh mal hier, der Lippenstift. Er reicht weit über die Lippen hinaus. Auch der Lidschatten und die Wimperntusche sind viel zu dick aufgetragen. Und schau dir mal die unnatürliche Teintfarbe an. So würde sich keine Frau schminken."

„Was fällt dir sonst noch auf?"

„Die Farben des Make-ups passen nicht zusammen."

„Das meinte ich nicht. Riechst du nichts?"

Ingrid stutzte. Dann roch sie den süßlichen Duft.

„Es riecht, als hätte jemand eine ganze Flasche Parfüm über sie ausgekippt."

„Genau."

„Kann es sein", mischte sich Holtkamp aus dem Hintergrund ein, „das sie der Unfall ist, den Jeschke in seinem Abschiedsbrief erwähnte?"

Bauer nickte. „Möglicherweise. Wir müssen herausfinden, woran sie starb. Alex, informiere Minnebusch und seinen Trupp, dass es hier im Schuppen noch mehr Arbeit für sie gibt. Und dann rufst du den Leichenbestatter an."

„Ist gut."

Als Holtkamp die Gruppe verließ, war ihm anzumerken, dass er fast froh war, den Ort verlassen zu können. Sein sprichwörtlich sarkastischer Humor hatte sich nach dem Fund der Frauenleiche in Luft aufgelöst und einem überschwänglichen Arbeitseifer Platz gemacht.

Nachdem Henson einen ersten, kurzen Bericht auf sein Diktaphon gesprochen hatte, trat Bewegung in die bis dahin fast lethargisch wirkenden Beamten. Bauer zog sich Plastikhandschuhe über und knöpfte vorsichtig die Bluse der Toten auf. In Höhe ihres Bauchnabels hielt er kurz inne und bat Henson mit einer Handbewegung, neben ihn zu treten.

„Schau dir das mal an“, sprach er an den Arzt gewandt und deutete auf mehrere tiefe Einstichlöcher in ihrem Unterleib. „Vier tiefe Wunden; sieht aus, wie der Einstich einer Riesengabel.“

„Mistgabel“, entfuhr es dem Mediziner.

„Genau, Mistgabel.“ Bauer drehte seinen Kopf, bis die Kollegen von der Streife in sein Blickfeld gerieten. Der junge Kollege war noch nicht wieder aufgetaucht, dafür befanden sich aber noch zwei andere Uniformierte in der Halle.

„Ich möchte, dass die ganze Tenne auf den Kopf gestellt wird“, wandte er sich an die Männer. „Wir suchen eine blutverschmierte Heugabel. Schaut auch oben auf die Kisten; sucht, wenn ihr sie hier in der Tenne nicht findet, meinetwegen alle Gebäude ab, die zum Grundstück gehören. Falls ihr nicht genug Leute hier vor Ort seid, holt euch Verstärkung. Und wenn ihr das Teil gefunden habt, möchte ich, dass es nicht angefasst wird. Das Ding gehört der Spurensicherung. Also, Finger weg.“

„Okay, Herr Bauer“, bestätigte der ältere der beiden Männer die Anweisungen des Hauptkommissars, ehe er seinen jüngeren Kollegen vor sich her nach draußen schob.

„Ob Jeschke sie erstochen hat?“, dachte Ingrid laut nach.

Bauer dachte kurz über ihre Worte nach, dann nickte er zustimmend.

„Du meinst: Jeschke sticht Vera Borg mit einer Heugabel nieder. Er kann die Tat nicht verkraften, zieht sich in sein Haus zurück, schreibt einen Abschiedsbrief und begeht Selbstmord? Klingt einleuchtend.“

„Nicht wahr?“

„Aber warum informiert er keinen Krankenwagen? Oder die Polizei? Wenn es ein Unfall war …“

„Keiner weiß, was in einem Menschen vor sich geht, wenn so etwas passiert“, mischte sich Henson ein. „Selbst ich als Arzt kann es mir nur schwer vorstellen. Die menschliche Psyche ist uneinsehbar. Der eine reagiert rational, der andere emotional. Und bei Jeschkes geistigem Gesundheitszustand erscheint mir die zweite Variante denkbar.“

„Wir brauchen diese Mistgabel“, bemerkte Bauer. „Dann können wir den Ablauf der Tat vielleicht genauer rekonstruieren. Ist euch eigentlich aufgefallen, dass sich, trotz der tiefen Wunden, kaum Blut an ihrer Kleidung und auf ihrer Haut befindet?“

„Stimmt“, bestätigte Ingrid irritiert. „Aber wie kann das sein?“

„Er hat sie hergerichtet.“ Bauer lief ein kalter Schauer über den Rücken, als er sich dieser Tatsache bewusst wurde. „Er hat sie gewaschen, hat ihr neue Kleidung angezogen und sie geschminkt, bevor er sie hier aufgebahrt hat. Der arme Mann muss völlig durchgedreht sein.“

„Ein psychischer Defekt“, folgerte Henson. „Ein Blackout in geistiger Umnachtung, als Reaktion auf seine mögliche Mitschuld ihres Todes.“

Bauer seufzte. Dann fiel ihm noch etwas auf.

„Warum hat er sie auf die Kiste gelegt? Wieso liegt sie hier und nicht drüben im Haupthaus in einem Bett?“

„Vielleicht ist es hier passiert.“

„Nein, Ingrid, das glaube ich nicht. Ich kann hier auf dem Boden zumindest kein Blut erkennen.“

Henson und Ingrid suchten die nähere Umgebung nach Blutflecken ab. Der dunkle Zementboden war übersät mit Unrat und altem Laub. Eine Blutlache allerdings war nirgends zu sehen.

„Der Unfall, wenn es denn einer war, muss also woanders passiert sein", folgerte Bauer. „Wir müssen den tatsächlichen Ort suchen, Ingrid. Hilf mir dran zu denken, dass wir Minnebusch und sein Team darauf aufmerksam machen."

„Wo drauf?" vernahm Bauer die Stimme des jungen Spurensicherungsleiters neben sich. Minnebusch hatte gerade in diesem Moment die Gruppe erreicht, und Heinz Bauer teilte ihm seine Überlegungen mit.

„Wer von euch hat die Leiche berührt?" fragte Minnebusch tadelnd, als der Hauptkommissar seine Ausführungen beendet hatte.

„Ich habe die Bluse geöffnet", erklärte Bauer. „Und Henson hat sie kurz untersucht."

„Also nur ihr zwei. Gut, wenn ihr hier fertig seid, wäre es hilfreich für uns, wenn ihr nach draußen gehen könntet. Vielleicht gibt es verwertbare Spuren auf dem Boden, die man unachtsam zertrampeln würde, wenn sich zu viele Leute hier aufhalten."

„Natürlich, geht klar", sprach Bauer.

Inzwischen waren zwei weitere Männer von der Spurensicherung eingetroffen, denen Minnebusch verschiedene Aufgaben zuteilte. Einer der beiden entnahm einem Aluminiumkoffer eine Fotokamera und trat vorsichtig an die Leiche. Das mehrmals aufflammende Blitzlicht ließ den Ort noch diffuser und unwirklicher erscheinen. Bauer kroch ein weiteres Frösteln über die Haut.

„Wir könnten etwas mehr Licht gebrauchen“, bemerkte Minnebusch neben ihm. „Wenn ihr raus geht, versucht den Lichtschalter zu finden. Aber bitte Fingerabdrücke vermeiden, wenn ihr den Schalter betätigt.“

Bauer nickte stumm und machte sich auf den Weg Richtung Außentür. Henson und Ingrid folgten ihm schweigend. Dann fiel Bauer noch etwas ein.

„Ach, Herr Minnebusch“, sprach er. „Tun sie mir den Gefallen und vergleichen Sie den Brief, der neben Jeschke lag, mit einem anderen, handschriftlichen Dokument von ihm.“

Minnebusch stutzte. „Wieso?“

„Ist nur so eine Idee von mir.“

„Wenn Sie es wünschen.“

Minnebusch wandte sich der Leiche zu. Mit sicheren Händen begann er seine Suche nach etwaigen Spuren und vergaß seine Kollegen von der Kripo.

Am Eingang blieben sie kurz stehen. Bauer fand den Lichtschalter und benutzte sein Taschentuch, um keine Fingerabdrücke zu hinterlassen. Der Schalter war mit einer Unmenge Blutflecken übersät. Als das Neonlicht aufflackerte, bedankte sich Minnebusch aus dem Hintergrund der Halle. Bauer warf einen letzten Blick auf die hohen Kistenstapel, ehe er hinaus ins Tageslicht trat.

„Was mag sich wohl in den Kisten befinden? Wieso hat ein alter Landwirt all diese Pakete in seiner Tenne?“, fragte er zu Ingrid gewandt.

„Darüber habe ich auch schon nachgedacht“, gab sie zurück.

„Es könnte nützlich sein zu wissen, was sich in den Kisten befindet", erklärte Bauer. „Wenn Minnebusch fertig ist, kümmerst du dich bitte darum."

„Mach ich. Was hast du jetzt vor?"

Bauer dachte nach. Es gab noch viel zu tun, fiel ihm auf.

„Ich werde versuchen, die Informationen, die wir haben, zu sortieren", entschied er. „Das mache ich im Präsidium. Du kannst mich da jederzeit erreichen, wenn du Fragen oder Neuigkeiten hast."

„Ist gut."

„Wenn ich den vorläufigen Bericht fertig habe, faxe ich ihn zu Staatsanwalt Roberts. Der wartet sicher schon."

Holtkamp trat in dem Moment zu ihnen, als ein dunkelblauer Van in der Hofeinfahrt erschien.

„Oha, die Pressepiranhas kommen", bemerkte er zynisch. „Woher haben diese Reporter nur so schnell ihre Informationen?"

„Weiß ich nicht, Alex. Jedenfalls lasst ihr sie nur ins Haus", sagte Bauer. „Ich will in der Tenne keine Pressenase sehen."

Holtkamp grinste. „Geht klar, Chef. Wenn, dann siehst du dort nur eine gepresste Nase."

Er deutete eine Faust an.

Bauer überhörte seinen Einwurf. „Wenn Minnebusch mit seinen Untersuchungen fertig ist, versiegelt ihr die Gebäude. Wir treffen uns heute Nachmittag um fünf Uhr im Besprechungsraum. Bis dahin müssten uns erste Ergebnisse der Obduktionen und von der Spurensicherung vorliegen."

Ingrid und Holtkamp nickten. In diesem Moment klingelte Bauers Handy. Er wandte sich einen Schritt zur Seite und nahm ab.

„Hier ist Werner Riebers", sprach der Anrufer.

Bauer kannte ihn. Ein Kollege von der Streife.

„Was gibt's, Werner?"

„Na ja, ich weiß nicht so recht, ob ich's dir sagen soll."

Bauer lächelte. „Du wählst doch nicht meine Nummer, wenn du dir nicht ganz sicher bist, dass du mir etwas sagen willst."

„Stimmt. Auch wieder wahr."

„Also, was ist los?"

Riebers druckste noch einen Moment herum, dann gab er sich einen Ruck.

„Falls du Jürgen Arents suchst; der sitzt in einer Kneipe und lässt sich gerade vollllaufen. Ich meine, bei seinen Alkoholproblemen …"

Bauer schluckte. Seine Stimme klang heiser.

„Wo ist er?"

IV

Auf dem Parkplatz in der Nähe der Wippertstraße fand Bauer einen Platz für seinen Roller. Zwei Querstraßen weiter befand sich die von Riebers angegebene Kneipe. Zu Fuß maximal fünf Minuten.

Ein kühler Wind wehte dem Hauptkommissar entgegen, als er in die Steinstraße einbog und sich nach links wandte. Trotz der angenehmen Temperaturen waren viele der Einkäufer, die durch die City huschten, mit Jacken bekleidet. Auch Bauer zog den Kragen seines Mantels enger zusammen. Ihn fror, und das war nicht nur auf die Fahrt mit seinem Roller zurückzuführen. Gedanken an frühere Tage drangen mit Gewalt in sein Gedächtnis. Jürgen Arents war lange alkoholabhängig gewesen. Noch vor zwei Jahren schien seine Karriere beendet. Dann hatte sich Bauer um ihn gekümmert. Er wollte ihn in seinem Kripoteam haben, aber nur clean. Arents machte eine Kur, und nach einem halben Jahr hatte er seine Sucht im Griff. Seitdem kümmerte er sich mehr um seine chronisch kranke Frau und genoss die späte Berufung in das Kripoteam. Noch ein paar Jahre, dann stand seiner Pensionierung nichts mehr im Wege.

Falls nicht etwas dazwischenkam.

Gegenüber des Pubs Foggy Dew traf Bauer auf seinen uniformierten Kollegen von der Streife. Riebers grüßte kurz.

„Er ist noch drin, Heinz."

„Danke für deinen Anruf, Werner."

Der Hauptkommissar warf einen Blick auf die Fensterscheibe der kleinen Kneipe. Das Sonnenlicht warf helle Schatten aufs Glas, so dass er nichts dahinter erkennen konnte. Ein weiterer, eisiger Schauer kroch seinen Rücken hinunter.

„Ich denke, Jürgen weiß es zu schätzen, dass du erst mich informiert hast."

Riebers nickte verstohlen. „Will ich hoffen. Wenn ich Lenz angerufen hätte … na, du weißt ja, wie unser Boss reagiert."

Bauer nickte. „Ich werde jetzt reingehen."

Als er sich abwandte, legte Riebers die Hand auf seinen Arm.

„Hör mal, Heinz", bemerkte er leise. „Jürgen hat noch was gut bei mir, von damals, als wir zusammen auf Streife waren. Ich werde mein Maul halten, dieses eine Mal. Ich habe nichts gesehen, klar?! Aber er sollte es nicht wieder zur Gewohnheit werden lassen."

Bauer nickte stumm.

„Gut. Guet gaohn."

Grüßend legte der Polizist eine Hand an seine Mütze, dann verschwand er in Richtung Markt. Bauer sah ihm noch einen Moment hinterher, bevor er die Kneipe betrat.

Im Foggy Dew herrschte gähnende Leere. Nur wenige Personen versanken zu diesen frühen Tagesstunden im dunklen Interieur. Jürgen Arents war einer von ihnen. Er saß direkt an der Bar, ein Glas Bier vor sich. Sein starrer Blick verriet Heinz Bauer, dass es nicht das erste Glas an diesem Tag zu sein schien.

„Morgen, Jürgen."

Arents verzog keine Miene, als sein Chef ihn ansprach. Bauer zog sich einen Stuhl heran und setzte sich neben ihn. Als der Kellner fragte, ob er was trinken wollte, bestellte er einen Kaffee.

Bauer zeigte auf das Bierglas. „Ist es nicht ein bisschen früh dafür?“

Arents knurrte vernehmlich und winkte ab.

„Hab ich dich nach deiner Meinung gefragt?“ gab er zurück.

„Nein.“

„Dann spar dir die Worte. Suspendiere mich vom Dienst, wenn du meinst, dass es nötig ist.“

„Ist es denn nötig?“

Arents warf einen langen Blick in Bauers Gesicht. Dem Hauptkommissar fielen die tiefen Ringe unter seinen Augen auf. Behutsam schob er das Bier von ihm weg.

„Was ist los, Jürgen?“

„Nichts.“

Arents zog einen Gegenstand aus seiner Manteltasche und stellte ihn vorsichtig auf die Theke. Eine kleine Figur aus Holz.

„Weißt du, was das ist, Heinz?“

„Eine Schachfigur.“

„Genau genommen ist es ein Bauer“, bemerkte sein älterer Kollege.

Er starrte die Figur einen Moment sinnend an, ehe er bedächtig fortfuhr: „Wusstest du, dass statistisch gesehen der Bauer während eines Spiels am häufigsten geopfert wird? Und, falls er doch bis zur anderen Seite gelangt, er gegen eine andere Figur ausgetauscht wird. Wie im wahren Leben, Heinz. Nicht anders.“

Bauer runzelte die Stirn. Als der Kellner ihm den Kaffee brachte, sah er auf die Uhr.

„Wenn du jetzt mit mir über das Leben philosophieren willst …“

„Das hab ich nicht vor.“ Arents ernster Ton ließ den Hauptkommissar aufhorchen.

„Ist was mit Mia?“

„Nein. Mia hat ihr Rheuma. Sonst ist sie kerngesund.“

„Und du? Was hast du?“

Über das Gesicht seines Freundes huschte ein Lächeln.

„Ja, was hab ich eigentlich?!“

Er stand auf und knöpfte seinen Mantel zu.

„Ich melde mich bei dir, wenn ich wieder einsatzbereit bin. Das kann allerdings noch etwas dauern. Also, warte nicht auf mich.“

Für einen Augenblick blieb er unschlüssig an seinem Platz stehen. Dann kickte er die Figur mit einem Finger um. Ein leises Geräusch ertönte, als sie unruhig über die Theke rollte.

Er lachte unruhig. „Wie im wahren Leben.“

Dann verließ er das Foggy Dew und verschwand in den grellen Konturen, die die Sonne in der Stadt aufwarf. Bauers Verstand schien sekundenlang zu lahmen. Er begriff nicht, was sein Freund meinte, noch konnte er nachvollziehen, was in Arents vor sich ging. Einen Tag vor seinem Urlaub war er mit ihm angeln gegangen. Alles schien in bester Ordnung. Was war also in der Zwischenzeit mit seinem Freund passiert? Hatte ihn eine seiner Depressionen ergriffen, die er vor Jahren mit Hilfe von Alkohol in einem gewissen Rahmen halten konnte? Wenn ja, dann hatte es ihn schlimmer getroffen, als all die Male zuvor.

Für einen Moment kam es dem Hauptkommissar in den Sinn, sich zu wenig mit ihm unterhalten zu haben. Das kam selten vor; er interessierte sich für die Sorgen seiner Mitarbeiter. Warum hatte er nicht weiter nachgehakt?

Sein Kaffee war fast kalt, als er die Tasse ansetzte. Er trank den bitteren Inhalt in einem Zug und schob dem Kellner das Geld hinüber.

„Zahlen Sie auch das Bier?“

Bauer nickte. „Wie viele hat mein Kollege denn getrunken?“

Der Wirt lächelte. „Er hat nur das eine bestellt und nichts davon getrunken. Nicht mal daran gerochen.“

„Er hat nichts getrunken?“

„Keinen Tropfen.“

Ein plötzlich einsetzender Schmerz durchzuckte Bauer. Was verheimlichte sein Freund vor ihm? Ein Bier bestellt und nichts getrunken?

Mit gemischten Gefühlen bezahlte er und verließ, mit der Schachfigur in der Hand, die Kneipe. Als er sich auf den Weg zum Parkplatz machte, klingelte sein Handy. Es war Holtkamp.

„Heinz, wir haben auf dem Hof etwas gefunden, das solltest du dir unbedingt anschauen.“

„Noch eine tote Frau?“ entfuhr es Bauer nervös.

„Was Besseres.“

Zwanzig Minuten später war Bauer wieder auf Jeschkes Gehöft. An diesem Morgen schienen die Sorgen nicht abreißen zu wollen, überkam es ihn. Erst die beiden Leichen, dann Arents seltsames Gebaren, und jetzt…?

Holtkamp kam ihm in dem Moment aus dem Haupthaus entgegen, als ihn eine andere Person von hinten ansprach.

„Na, Herr Hauptkommissar, was haben Sie denn für uns?"

Er drehte sich um. Als er den Journalisten Leitner erkannte, verzog er das Gesicht.

„Für Sie hab ich gar nichts, Herr Leitner."

„Na klar, wie immer." Leitner schmunzelte. „Das kennen wir ja schon. Wissen Sie, Sie und ihre Leute erinnern mich immer an diese drei Affen: Nichts gesehen, nichts gehört, nichts gesagt. Und dann kommt die große Rechnung."

„Mit der *Sie* nichts zu tun haben."

„Schade." Der Reporter grinste erneut. „Haben Sie was dagegen, wenn ich einen Blick in die Tenne werfe? Ich habe den Eindruck, die beiden Polizisten stehen nicht umsonst vor dem Tor und hindern uns Pressevertreter am Reingehen."

Bauer winkte ab und trat zu seinem jungen Kollegen hinüber. Er hatte nicht vor, dem Journalisten mitzuteilen, dass in der Tenne eine Kollegin von ihm ums Leben gekommen war. Die Informationen zu filtern, die an die Presse weitergegeben werden durften, war die Sache anderer.

„Ich fand es besser, zwei unserer Leute vor dem Tennentor zu postieren", gestand Holtkamp leise. „Dieser Leitner ist nicht allein. Es sind inzwischen Journalisten von drei oder vier Tagesblättern vor Ort, und der lokale Radiosender Ems Welle hat mir auch schon telefonisch mitgeteilt, dass die vorhaben, eine Art Eventshow daraus zu machen."

Sein Chef zuckte resigniert die Schultern.

„Von mir aus, Alex. Lass die ganze Sippschaft kommen.

Wir können die Frau doch nicht tagelang liegenlassen. Irgendwann muss sie in die Pathologie abtransportiert werden. Die Zeitungsschnüffler warten doch bloß auf den Augenblick. Also, wenn es soweit ist … wir berufen uns auf eine mögliche Pressekonferenz. Damit soll sich unser Oberboss Dr. Lenz beschäftigen. Er kann sich ja mit Staatsanwalt Roberts zusammentun. Soll nicht unser Problem sein. Sag mir lieber, was es so Wichtiges gibt, dass du mich derart eilig wieder herbestellst."

„Okay. Hast du deine Sonnenbrille dabei?"

Holtkamp schob seinen verdutzten Chef ins Haus. Vom Flur aus gelangten sie in das angrenzende Badezimmer. Ein übler Geruch drang ihnen entgegen. Bauer verzog die Nase.

„Was stinkt denn hier so?"

Minnebusch winkte ihn herein und wedelte dabei mit einer Sprühflasche herum.

„Zum einen Teil liegt es an dem hier", er zeigte auf die Flasche, „zum anderen an den Ausdünstungen, die aus der Toilette kommen. Irgendwer hat sich übergeben. Wir werden natürlich die Reste, die wir im Klo gefunden haben, mit dem Mageninhalt von Jeschke vergleichen."

„Ihr habt echt 'nen tollen Job." Bauer deutete auf die Sprühflasche in Minnebuschs Hand. „Und was ist da drin? Raumspray?"

„Nein. Luminol. Das brauchen wir, um kleinste, fast nicht sichtbare Blutspuren sichtbar zu machen. Die Lösung ist mit Wasserstoffperoxyd vermischt. Deshalb riecht es hier auch so streng."

„Aha."

„Ich hab den ganzen Raum eingesprüht. Und das hier ist

dabei herausgekommen."

Minnebusch löschte das Licht. Im gleichen Moment sprangen hellblaue Lumineszenslichter an, die den kleinen Raum zu erleuchten schienen. Kaum eine der vielen Fliesen schien nicht davon benetzt zu sein. Nur das undeutliche Tageslicht, das durch die halb geöffnete Tür drang, störte den Glitzerreigen.

Bauer pfiff leise durch seine Zähne.

„Ist das alles Blut?"

„Ja", gestand Minnebusch. „Hier hat jemand ein Gemetzel veranstaltet, oder sich zumindest die Hände gewaschen."

„Und zwar gründlich", ergänzte Holtkamp.

„Aha."

„Ist das alles?" Holtkamp schnaubte. „Ich hätte mehr von dir erwartet."

Bauer winkte ungeduldig ab. „Ihr habt also herausgefunden, dass Jeschke sich nach der Tat übergeben musste und sich das Blut von den Händen gewaschen hat. Schön, das bringt uns wirklich weiter."

„Du bist undankbar, Heinz", grollte sein junger Kollege, und auch Minnebusch entrang sich ein abwertendes Wort. „Eigentlich sollten wir es dir gar nicht sagen."

„Was?"

Holtkamp zog ihn zu einem Wäschekorb und hob den Deckel ab. Das hellblaue Licht unzähliger Luminol gefärbter Flecken drang wie ein Leuchtkäferschwarm aus dem Korb.

„Das sind Vera Borgs Klamotten, die sie anhatte, als sie ermordet wurde. Wir haben hier in der Bluse die Einstichlöcher der Mistgabel gefunden. Aber damit nicht genug."

Er hielt Bauer den Deckel des Korbes unter die Nase.

Deutlich konnte der Hauptkommissar einen Fingerabdruck auf der glatten Oberfläche wahrnehmen, der durch das Luminol eine nicht zu übersehende Präsenz erhalten hatte.

„Siehst du das?"

„Ich bin nicht blind, Alex."

Minnebusch mischte sich ein. „Wir haben Jeschkes Fingerabdrücke mit dem hier verglichen."

Den Hauptkommissar überfiel eine Ahnung.

„Und? Jetzt sagt bloß, er ist nicht von Jeschke."

Holtkamp gluckste vielsagend. „Bingo."

V

Arents nahm nicht ab. Trotz des langen Klingelns bekam Bauer ihn nicht ans Telefon. Schließlich legte er den Hörer zurück auf den Telefonapparat. Er würde es später noch einmal versuchen.

Sein Büro musste dringend aufgeräumt werden. Akten stapelten sich auf seinem Schreibtisch. Fälle, die längst bearbeitet waren und denen nur der abschließende Bericht fehlte. Eigentlich eine Kleinigkeit. Er hätte es in der einen Woche seines Urlaubs erledigen können. Stattdessen war er mit Renate nach Köln gefahren. Hatte seine Tochter und seine Enkelin besucht. Das war keine verlorene Zeit, obschon ihm bei dem Stapel der Akten für einen Moment dieser Gedanke gekommen war. Bald, bald würde er sich darum kümmern.

Als er sich einen Kaffee eingoss, schellte sein Telefon.

„Hallo, mein Schatz. Na, wie geht es dir?"

„Renate. Ich habe gerade an dich gedacht."

Er hörte sie kichern. „Wer's glaubt. Hast du schon gegessen?"

„Äh, nein, bisher noch nicht."

„Nicht? Es ist fast drei."

Bauer sah auf seine Uhr. Als er antwortete, klang es fast wie eine Entschuldigung.

„Wir haben hier einen neuen Fall. Ich hatte … noch gar keine Zeit. Aber ich werde mir nachher zuhause etwas brutzeln. Wie geht es Christiane und Hanna?"

„Gut. Sie lassen dich grüßen."

„Danke."

„Ich werde übrigens übermorgen zurückkommen. Und Christiane überlegt, ob sie nicht mit Hanna mitkommen soll. Für ein paar Tage. Was hältst du davon?“

Ingrid trat ins Büro, und Bauer verlor für einen Moment den Faden des Gespräches.

„Äh, was sagtest du gerade?“

„Ich sagte, dass deine Tochter und Hanna mitkommen wollen. Hörst du mir gar nicht zu?“

„Entschuldige, ich war gerade abgelenkt. Aber das ist eine gute Idee von den beiden.“

„Du würdest uns also in Münster vom Bahnhof abholen?“

„Selbstverständlich werde ich das machen.“

„Gut. Ich rufe dich morgen wieder an. Dann weiß ich, wann unser Zug bei dir einrollt.“

„Gut, bis dann, mein Schatz.“

„Küsschen.“

Er hängte ein. Ingrid hatte sich auf einen Stuhl gesetzt und sah ihn neugierig an.

„Tja“, sagte Bauer, „das war meine Frau.“

„So, so.“

Er sah seine Assistentin lächeln.

„Sie kommt übermorgen, und Christiane und Hanna bringt sie gleich mit.“

„Besuch bei Opa auf dem Land.“

„Soweit ist es schon gekommen.“ Ihm fiel etwas ein. „Hast du schon gegessen?“

„Ja.“

„Oh. Na gut. Sonst hätte ich uns etwas kommen lassen.“

„Nicht nötig. Aber, wo wir gerade beim Thema sind: War das deine Idee, diesen neuen Kollegen kommen zu lassen?“

Bauer starrte sie an.

„Welcher neue Kollege?"

„War also nicht deine Idee."

„Ich weiß nicht, wovon du sprichst."

„Ich rede von Tobias Krämer. Gut aussehend, zuvorkommend und allein dadurch schon Alexanders Erzfeind."

„Ich weiß wirklich nicht ..." Bauer stutzte und griff zum Telefonhörer. Nach ein paar Sekunden hatte er den Polizeioberkommissar am anderen Ende.

„Dr. Lenz, Bauer hier."

„Ach, Herr Bauer. Urlaub beendet? Wie war das Wetter am Niederrhein?" Lenz Stimme barg eine gewisse Freundlichkeit, die, so wusste Bauer, schnell in einen bösen Unterton umspringen konnte.

„Gut. Sehr warm."

„Im Gegensatz zu hier. Ich glaube, mit dem Frühling wird es noch nichts."

„Kann sein. Sagen Sie mal, meine Kollegin erzählt mir gerade etwas von einem Tobias ..."

„Krämer. Richtig, richtig. Habe ich Ihnen noch gar nicht erzählt."

„Nein, ich ...!", Bauer unterbrach seinen erregten Ton und fuhr ruhiger fort: „Nein, das haben Sie noch nicht."

„Nun, sehen Sie, ich habe letzte Woche das Gesuch von Herrn Arents bekommen, ihn in den frühen Ruhestand entlassen zu dürfen. Und jetzt ist er auch noch krankgeschrieben. Das kann sich hinziehen, wie ich hörte."

Bauer stutzte. „Jürgen hat ... was?"

„Wussten Sie das nicht? Ich dachte, man hätte Ihnen mitgeteilt, dass er krank ist."

Der Hauptkommissar machte eine abwehrende Handbewegung. „Das weiß ich. Aber von dem Gesuch hat man mir nichts gesagt.“

„Tja. Andererseits hat ihr Kollege das passende Alter und… einiges in seinem Leben hinter sich. Die Sache wird bereits bearbeitet. Herr Arents hat gute Aussichten, seinen Antrag noch im nächsten halben Jahr durchzubekommen.“

Bauer dachte an Arents Worte aus dem Foggy Dew.

„War das wirklich seine Idee?“, entfuhr es ihm.

Lenz schien Bauers Gedanken zu erraten. Sein Tonfall wechselte.

„Herr Bauer, Tobias Krämer ist ein erfahrener Kriminalbeamter. Er wurde uns vom Präsidium Münster ausgeliehen. Und wenn er sich hier einlebt, bin ich der Letzte, der ihn zurückschickt. Ich hoffe, das haben Sie verstanden.“

„Ja.“

„Gut. Ich lasse Ihnen die Personalakte von ihm in ihr Büro bringen. Und nun entschuldigen Sie mich, ich warte noch auf einen wichtigen Anruf.“

Ohne eine Antwort abzuwarten, würgte Lenz die Leitung ab. Bauer fluchte leise und bemerkte Ingrids neugierigen Blick.

„Was ist los?“

„Man hat Jürgen abgesägt.“

„Abgesägt?“

„Er soll in den Ruhestand versetzt werden.“ Bauer lachte böse. „Angeblich war das seine Idee.“

„Kann doch sein.“ Ingrid zuckte die Schultern. „Vielleicht ist er uns satt.“

„Quatsch! Das hätte er nie gemacht, ohne vorher mit mir

darüber gesprochen zu haben!“

„Ist ja gut.“ Seine Kollegin hob abwehrend die Hände. „Maul mich nicht an, ich kann nichts dafür.“

Der Hauptkommissar griff nach seiner Tasse. Der Kaffee war kalt. Er stand auf und goss neuen in seinen Becher, bevor er ans Fenster trat und hinaus sah. Unten auf der Straße wogte der Nachmittagsverkehr. Ihn überfiel die Lust, sich den Rest des Tages frei zu nehmen. Aber ihm war bewusst, daß der neue Fall noch zu jung war, um ihn Ingrid und Alexander und diesem Neuen zu überlassen.

„Entschuldige“, murmelte er irgendwann. „Ich wollte dich nicht anmaulen.“

„Schon gut.“

Eine Viertelstunde später versammelten sie sich im Besprechungszimmer. Tobias Krämer, der Neue, machte zunächst einen guten Eindruck auf Bauer. Sein Alter mochte um die dreißig sein. Seitenscheitel, leicht grauer Haaransatz an den Schläfen und die schmale Brille gaben seiner Gestalt allerdings ein älteres Aussehen. Er sah schmuck aus, fand Bauer. Jackett, modisches Hemd und Baumwollhose mit Bügelfalte. Genau das Gegenteil von Alexander Holtkamp.

Er sprang auf, als Bauer den Raum betrat.

„Hallo, ich bin Tobias Krämer.“

Bauer schüttelte die Hand, die Krämer ihm entgegen streckte.

„Schön.“

Er warf einen Blick auf die anderen beiden Personen im Raum. Ingrid schien amüsiert, während Holtkamp ironisch die Mundwinkel verzog.

„Sehr schön. Die anderen kennst du schon?"

„Ja, Herr Bauer. Ich hatte bereits das Vergnügen, mich meinen neuen Kollegen vorstellen zu dürfen."

Bauer sah Holtkamp im Hintergrund grinsen.

„Gut. Dann wollen wir uns mal an den Fall begeben." Bauer trat an den Tisch. „Alex, gibt es Neuigkeiten, die ich noch nicht kenne?"

„Ein paar Kleinigkeiten." Holtkamp zog sein Notizbuch aus der Hemdtasche. „Also, erst mal haben wir Bargeld gefunden. Ziemlich viel sogar, und nicht einmal sonderlich gut versteckt. Die Spurensicherung hat sich sehr genau umgesehen. Die sind sich sicher, dass das Haus nicht durchsucht wurde. Wir können also davon ausgehen, dass Jeschke und die Journalistin keinem Raubmord zum Opfer gefallen sind. Dann dieser Fingerabdruck. Ich hab ihn durch unsere Computerdatei geschickt. Fehlanzeige. Sie gehört keinem gesuchten Verbrecher."

„Dann kommen wir da nicht weiter."

„Nicht wirklich."

„Ein Eifersuchtsdrama", mischte sich Ingrid ein.

Holtkamp lachte auf. „Der Bauer war über achtzig. Ich kann mir nicht denken, dass sich Vera Borg mit ihm eingelassen hat."

„Charlie Chaplin war über neunzig, als er sein letztes Kind gezeugt hat. Manchmal stehen junge Mädchen auf reife Herren."

„Du musst es ja wissen."

Ingrid warf ihrem Kollegen einen bösen Blick zu. Bauer winkte ab.

„Ich stimme Alex zu. Diese Borg war erst kurze Zeit auf

dem Hof. Wir sollten den Gedanken einer Liebesbeziehung zwar im Hinterkopf behalten, aber zunächst nicht weiter im Vordergrund behandeln. Was ist mit diesen Kisten?"

„Um die hab ich mich gekümmert", bemerkte Ingrid. „Die Kisten gehören einer Firma aus Horstmar. Sie haben die Tenne als Zwischenlager gemietet. Scheint finanziell günstiger zu sein, als eigens eine Halle dafür bauen zu lassen."

„Was stellt diese Firma her?"

„Windkraftanlagen."

Bauer hob eine Augenbraue. „Windkraftanlagen?"

„Ja, in den Kisten befinden sich Einzelteile für Windkraftanlagen. Rotoren, Motoren ... all der Kram."

„Generatoren, nicht Motoren", verbesserte Holtkamp.

Ingrid überhörte seinen Einwurf. „Soll wohl nach Osteuropa verschoben werden", ergänzte sie. „Die Firma hat einen Großauftrag aus Estland, wie ich erfahren habe. Seit einiger Zeit werden Kisten mit Lastwagen abgeholt und nach Tallin gebracht."

„Prüf die Sache nach", sagte Bauer.

Ingrid nickte. „Mach ich."

„Glaubst du, das hat etwas mit dem Tod von Vera Borg zu tun?" fragte Holtkamp.

Bauer zuckte die Schultern.

„Keine Ahnung. Wir sollten alles, was wir an Informationen bekommen können, sammeln und dann entscheiden, welche wir davon gebrauchen können und welche nicht. Ich denke, in einem Punkt seid ihr meiner Meinung: Heinrich Jeschke hat keinen Selbstmord begangen. Und Vera Borg ist mit großer Wahrscheinlichkeit auch nicht einfach so in die Mistgabel gefallen. Apropos Mistgabel."

„Wir haben sie noch nicht gefunden, falls du das wissen willst", gestand Holtkamp. „Die Kollegen von der Streife durchkämmen das Gelände hinter der Tenne. Aber ich hab so das Gefühl, dass sie dort auch nicht fündig werden. Der Mörder ist raffiniert vorgegangen."

„Wenn er so raffiniert vorgegangen wäre", bemerkte Bauer, „dann hätte er die Heugabel irgendwohin geworfen, wo sie sofort aufgefallen wäre.

„Da gebe ich Ihnen Recht."

Es war das erste Mal, dass Krämer etwas zu dem Fall äußerte. Alle richteten ihre Augen auf ihn. Er zog sich einen Zigarillo aus der Tasche und steckte ihn an.

Nach einem tiefen Zug fuhr er fort: „Ich denke auch, dass Jeschke und diese Journalistin das Opfer eines geplanten Verbrechens wurden."

Bauer verschränkte die Arme vor der Brust.

„Eigentlich wird hier nicht geraucht."

Krämer wies auf einen überquellenden Aschenbecher, der in der Mitte des Tisches stand.

„Tschuldigung, ich dachte …", sprach er vorsichtig. Dann drückte er den Zigarillo im Becher aus. „Tut mir Leid, soll nicht wieder vorkommen."

„Schon gut. Mich würde interessieren, wie du darauf kommst, dass wir es mit einem geplanten Verbrechen zu tun haben?"

Krämer zuckte lächelnd die Schultern. „Intuition?!"

„Ja, super!", brummelte Holtkamp aus dem Hintergrund. „Unser Kollege hat eine feine Nase. Der riecht ein Verbrechen meilenweit. Da hat man uns ja einen wahren Schatz nach Steinfurt versetzt."

„Wurde ja auch mal Zeit, dass wir einen Schatz hier haben“, erwiderte Ingrid. Alexander bemerkte den Sarkasmus in ihren Worten und wandte sich beleidigt ab. Bauer fühlte eine aufkommende Feindseligkeit. Er musste sie frühzeitig unterbinden.

„Haben wir schon nähere Informationen über Vera Borg?“, wandte er sich an Ingrid.

„Ein paar Sachen wissen wir bereits. Sie hat bis Anfang letzten Jahres in Hamburg Journalismus studiert, dann ist sie nach Berlin gezogen, wo sie eine Stelle bei einer wissenschaftlichen Fachzeitschrift bekam. So ‘ne Art Geo-Magazin.“

„Steile Karriere.“

„Ja, und sie scheint vorzügliche Artikel zu schreiben. Erst Anfang diesen Jahres bekam sie einen Preis für ihre Arbeit.“

„Haben wir diese Artikel vorliegen?“

„Noch nicht, Heinz. Ich habe aber schon Kontakt mit ihrem Chef in Berlin aufgenommen. Er will uns in allem unterstützen, sagt er. Die Artikel kommen per Mail, und er ist bereit, für eine Aussage und persönliche Informationen über Vera hierher zu kommen. Mir schien, er kannte Vera mehr als gut. Ich meine, mehr als es zwischen Chef und Angestelltem normalerweise der Fall ist. Vielleicht hatten die beiden ein Verhältnis.“

„Dann soll er unbedingt kommen. Wir müssen mehr über ihr Leben wissen. Möglicherweise liegt der Grund für ihr Sterben weiter zurück.“

„Denkst du an einen Racheanschlag?“ fragte Holtkamp.

Bauer zuckte die Schultern. „Journalisten leben gefährlich. Manchmal graben sie zu tief in irgendwelchen Drecklöchern, ohne dass sie es wissen. Haben wir eigentlich schon einen Bericht von Henson oder von der Spurensicherung?"

„Von Henson haben wir einen kleinen Vorbericht", sagte Holtkamp. „Demnach starb Vera Borg an inneren Blutungen. Eine der Zinken der Heugabel traf sie direkt ins Herz. Ein weiterer durchbohrte die Hauptschlagader. Sie war, laut Henson, sofort tot. Den Bericht hab ich mit den anderen Blättern in die Mappe gelegt. Von der Spurensicherung haben wir allerdings noch nichts bekommen."

Bauer nahm die Mappe an sich, die auf dem Tisch lag, und blätterte sie kurz durch. Viel war es nicht.

„Gut", entschied er. „Dann gehen wir jetzt richtig an die Arbeit. Alex, du fährst mit Tobias zu dieser Windkraft-Firma. Besorgt euch Papiere über die Kisten. Fragt, wie die Leiter der Firma gerade auf Jeschkes Tenne gekommen sind und so weiter, das ganze Programm."

Holtkamp verzog das Gesicht. Man konnte ihm ansehen, dass er den Auftrag lieber alleine erledigt hätte.

„Und du, Ingrid, kümmerst dich bitte um unseren Landwirt. Besuch die Nachbarn, frag nach Einzelheiten in seinem Leben, schau, ob du Verwandte auftreiben kannst, oder Freunde, die ihn gut kannten."

„Und was machst du?" fragte Ingrid.

„Ich werde die Mappe hier kopieren und Roberts zukommen lassen. Unser Herr Staatsanwalt wartet schon sehnsüchtig. Außerdem hab ich noch ein paar Telefonate zu erledigen."

Tobias Krämer klatschte in die Hände und stand auf.

„Na, dann mal ran an den Speck. Soll ich fahren, Alexander?"

Holtkamp sah ihn brummelnd an.
„Sicherlich nicht“, gab er spitz zurück. „Noch hab ich die Lufthoheit hier, und daran solltest du auch nicht rütteln.“
„Hab ich nicht vor.“ Krämer hob abwehrend die Hände. „Bin ich halt Copilot.“
„Schon besser.“
„Eins sollten wir klarstellen“, Bauer sah Holtkamp strafend an. „Ich habe auch nicht gewusst, dass Tobias in unser Team kommt. Ich bin genauso überrumpelt worden wie Ingrid und du. Das heißt aber nicht, dass wir von jetzt an anders arbeiten, als es unser Teamgeist vorschreibt. Tobias ist hier, und er gehört ab jetzt zu uns. Ohne Wenn und Aber, ist das klar? So, hat jemand noch eine Bemerkung zu dem Thema?“
Ingrid und Holtkamp schüttelten ihre Köpfe.
„Dann ist die Sache durch. Und jetzt an die Arbeit.“
Als Holtkamp mit Krämer den Raum verlassen hatte, hielt Ingrid an der Tür inne. Eine Frage lag ihr noch auf der Seele.
„Was meinst du, Heinz“, sagte sie. „Musste Jeschke sterben, weil man es auf die Journalistin abgesehen hatte und er im Weg war?“
Bauer nickte vorsichtig. „Das wäre möglich.“
„Dann könnte es also sein, dass wir einen eiskalten Killer suchen?!“
„Der uns mit einem fingierten Selbstmord von Jeschke eine falsche Fährte gelegt hat. Ja, Ingrid, das könnte sein.“
„Ein Bauernopfer. Wie in einem Schachspiel.“ Sie seufzte. „Das wird eine harte Nuss.“
Als sie die Tür hinter sich schloss, verstand Bauer den

unterschwelligen Sinn in ihren Worten. Ein Bauernopfer. Wie im wahren Leben.

Er griff zum Telefonhörer. Arents meldete sich immer noch nicht.

VI

„Was treibt ihr denn abends, wenn die Bürgersteige hochgeklappt sind?“

Holtkamp warf einen bösen Blick auf seinen Beifahrer, bevor er seine Konzentration wieder auf die Straße lenkte.

„Wir essen Kartoffeln und trinken Bier“, antwortete er verhalten.

„Klingt spannend.“

Holtkamp schwieg. Er hatte keine Lust auf Konversation mit dem Neuen. Ohne dass er wusste, warum, war ihm der Typ zuwider.

Er lenkte den Wagen in eine Ausfallstraße durch die Alst. Ein paar Minuten noch und sie würden das Industriegebiet von Horstmar erreichen. Er schaltete das Radio ein. Gerade lief ein Bericht über den Fund des toten Landwirtes.

„Eure Presse arbeitet schnell“, bemerkte Krämer.

„Mm.“

Erneut Schweigen. Beide lauschten dem Bericht der Redakteurin, die knapp den Sachverhalt der Tat wiedergab.

„Hör mal, Alexander, mir gefällt es auch nicht, dass man mich hierher versetzt hat“, gestand Krämer zurückhaltend. „Es war nicht meine Idee. Widrige Umstände nennt man das. Wir sollten aber das Beste daraus machen, meinst du nicht auch?“

Holtkamp schwieg weiterhin stoisch und wechselte auf die L 580, die direkt nach Horstmar führte. Krämer versuchte es erneut.

„Sobald ich kann, bin ich wieder verschwunden. Es hieß,

ich soll nur ein paar Tage bleiben, dann …"

„Von mir aus kannst du bis zum jüngsten Tag bleiben", giftete Holtkamp. „Wir arbeiten in einem öffentlichen Amt. Ich kann also nichts dagegen unternehmen, dass du hier bist. Lass dir aber eines gesagt sein."

„Ich bin ganz Ohr."

„Das ist mein Revier, und ich hab hier das Sagen."

„Kein Problem." Krämer lächelte belustigt. „Du bist der Boss."

Holtkamp verzog den Mund, verkniff sich aber einen bissigen Kommentar.

„Sag mal, deine Kollegin …, hat sie einen Freund?"

„Und Finger weg von Ingrid!"

Krämer lächelte weiterhin. „Ich frag ja bloß."

Sie fanden den Sitz der Firma Eschenbach und Co. AG auf Anhieb. Ein langgestreckter Glasbau, architektonisch eigenwillig in die Reihe der anderen, hier angesiedelten Industriefirmen, die vor allem mit riesigen Produktionshallen glänzten, eingegliedert. Vor dem schmalen Portal gab es einen kleinen Parkplatz. Holtkamp stellte seinen Dienstwagen in eine der schmalen Lücken ab und stieg aus. Krämer folgte ihm und zündetet sich einen Zigarillo an, bevor er seine Augen hinter einer Sonnenbrille verbarg.

„Fällt dir was auf, Alexander?"

Holtkamp stutzte. „Was meinst du?"

„Ein Windkraftanlagenhersteller und keine Produktionshalle. Das ist wie ein Fußballclub ohne Stadion."

„Netter Vergleich."

Holtkamp warf einen Blick über das Refugium der Firma.

Das Gelände war übersichtlich klein und eingezäunt.

„Vielleicht produzieren die woanders."

„Im Ausland."

„Wie kommst du darauf?"

„Nur eine Idee. Wäre doch lukrativ. Billige Generatoren aus Spanien, Rotoren aus Polen ..."

„Und ein Zwischenlager in einer Tenne in der münsterländischen Parkebene", vollendete Holtkamp Krämers Satz. Der zuckte die Schultern.

„Warum nicht? Stelle ich mir sehr günstig vor. Europäische Zusammenarbeit unter dem Stempel made in germany. Billigarbeit teuer verhökert."

Holtkamp verzog das Gesicht. „Du hast zuviel Fantasie."

„Das sagst du mir als nüchternen Zyniker."

Krämer zerdrückte seinen Zigarillo unter dem Schuh, ehe er Holtkamp zum Eingang des Gebäudes folgte.

Sie mussten einen Moment in der Vorhalle warten. Eschenbachs Sekretärin hatte ihre Anwesenheit mit Verwunderung wahrgenommen, bevor sie in das Büro ihres Arbeitgebers geeilt war.

Holtkamp nahm auf einem der unbequemen Stühle Platz und spähte durch die bodentiefen Fenster nach draußen. Hier, im zweiten Stock des Gebäudes, hatte man einen schönen Blick über die Stadt und die angrenzenden Baumberge. Ihm war nach einem Kaffee.

„Nette Bude", bemerkte Krämer und zündete sich einen weiteren Zigarillo an. Er setzte sich zu Holtkamp an den schmalen Glastisch, auf dem Glanzprospekte der Firma lagen. Holtkamp schob ihm den Ascher rüber und nahm einen der

Prospekte an sich.

„Um noch mal auf euer Nachtleben zurückzukommen, Alexander, …"

„Lass mich in Ruhe", unterbrach ihn Holtkamp unwirsch.

„Wie du willst."

Es dauerte eine Minute, dann wurden sie von Eschenbachs Sekretärin in dessen Büro geleitet. Der spartanisch eingerichtete Raum wirkte durch die Glasfenster riesengroß. Vor einer Scheibe stand ein Schreibtisch, dahinter erkannten die beiden Beamten einen älteren Herrn, der soeben ein paar Worte mit einer jungen Frau wechselte, die neben ihm stand. Der Mann verließ seinen Bürosessel und kam auf sie zu.

„Guten Tag, ich bin Herbert Eschenbach. Das dort ist meine Tochter Susanne."

Die junge Frau nickte verhalten, als ihr Vater weiter sprach: „Meine Sekretärin sagte, sie seien Kriminalbeamte. Was kann ich für Sie tun?"

„Wir hoffen, eine Menge", gestand Holtkamp. „Sie kannten doch Herrn Jeschke, den Landwirt."

Eschenbach stutzte und setzte zu einer Antwort an. Seine Tochter kam ihm zuvor.

„Was bedeutet: Kannten? Wieso die Vergangenheitsform?"

Sie verließ ihren Platz und trat neben ihren Vater. Holtkamp ließ seine Augen über ihre Gestalt gleiten. Enger Rock, geblühmte Bluse und ein ernster, fast überheblicher Blick in ihrem Gesicht. Eine Welle aus Parfüm wehte ihm entgegen. Er schätzte ihr Alter auf Ende Zwanzig.

„Er ist tot", antwortete er auf ihre Frage. „Wir fanden ihn heute morgen auf seinem Hof."

„Was Sie nicht sagen. Und was wollen Sie jetzt von uns? Jeschke war alt, er …“

Eschenbach unterbrach sie. „Susanne, ich bitte dich. Die Herren sind von der Kripo, und sie wären nicht hier, wenn der Mann durch einen natürlichen Umstand ums Leben gekommen ist. Nicht wahr?“

Holtkamp nickte, als Eschenbach ihn ansah.

„Stimmt.“

„Er wurde ermordet?“

„Ja.“

„Mein Gott. Wie schrecklich. Darf man erfahren, wie das passiert ist?“

„Nein“, erwiderte Krämer ernst und nahm seine Sonnenbrille von der Nase.

Eschenbach schien irritiert.

„Nun … setzen Sie sich doch, bitte“, bat er. „Darf ich Ihnen einen Kaffee anbieten?“

Holtkamp nickte und setzte sich auf einen Stuhl. Krämer folgte ihm, während Eschenbach an seinen Schreibtisch trat und kurz mit seiner Sekretärin telefonierte. Danach setzte er sich ebenfalls zu den Beamten und sah sie fordernd an.

„Wie sind Sie an Jeschkes Tenne gekommen?“ begann Holtkamp und zog seinen Notizblock aus der Tasche. Susanne war hinter den Stuhl ihre Vaters getreten und legte ihm eine Hand auf die Schulter.

„Über seinen Neffen in Berlin“, antwortete sie.

„Ach? Jeschke Junior?“

„Sein Name ist Peters, nicht Jeschke. Er ist Ingenieur.“

„Und er bot Ihnen die Tenne als Lager an?“

„Nun, die Sache ist etwas komplexer“, gab Eschenbach

zurück. „Wir sind ein reines Logistik-Unternehmen. Wir stellen nicht selber her, sondern suchen Aufträge und vermitteln diese an interessierte Kunden. In Estland wird ein Windpark entstehen, der mit sauberer Energie die schnelle Angleichung des Landes an die EU-Normen ermöglichen soll. Durch meine Verbindungen nach Brüssel bin ich an den Auftrag gekommen. Die Osterweiterung der Europäischen Union macht solche Dinge möglich, Herr Holtkamp. Nebenbei bemerkt, unsere Regierung, vor allem unser Umweltminister, den ich persönlich sehr gut kenne, war sehr angetan von der Sache und unterstützt unsere Firma."

„Was Sie nicht sagen. Und was hat Peters damit zu tun?"

„Er arbeitet im Berliner Regierungsbezirk."

„Als Ingenieur?"

Eschenbach hob die Schultern. „Warum nicht? Nennen Sie ihn einen Architekten des politischen Alltags."

„Sie haben den Auftrag also weitergegeben?"

„Ja, an verschiedene Hersteller in Deutschland. Die Masten kommen aus Hessen; die Rotorblätter werden in Niedersachsen hergestellt, ebenso das Getriebe; die Generatoren wurden in Bayern entwickelt, und so weiter."

„Rein deutsch?"

„Rein deutsch."

Holtkamp konnte sich einen überheblichen Blick in Richtung Krämer nicht verkneifen.

„Und wer bezahlt die ganze Sache?"

Susanne Eschenbach mischte sich ein. „Teile der Gelder kommen aus Brüssel, andere direkt aus Estlands Hauptstadt Tallin. Aber jetzt sagen Sie doch bitte, was Ihre Fragen mit dem Tod des Bauern zu tun haben?"

Ihre Stimme hatte einen fordernden Ton bekommen, was Holtkamp nicht entging. Eschenbachs Sekretärin betrat das Büro und brachte auf einem Tablett vier Tassen Kaffee. Holtkamp nahm sich eine. Ein angenehmer Duft stieg ihm in die Nase.

„Tja", fuhr er fort. „Sie sagten gerade, Wolfgang Peters hat Ihnen den Tipp mit der Tenne gegeben. Kannten Sie Heinrich Jeschke auch persönlich?"

Eschenbach räusperte sich. „Nicht besonders gut. Ich hab ihn ein- oder zweimal getroffen, damals, als der Vertrag fertig war. Alles andere hat sein Neffe für uns eingefädelt."

„Und diese Windanlage ..., es ist das erste Mal ...?"

„Sie meinen, dass wir die Tenne als Lager benutzen? Ja, das ist das erste Mal."

Krämer klinkte sich in das Gespräch ein. „Welche Aufträge verteilen Sie sonst noch?"

„Falls Sie unsere Firmenphilosophie interessiert", antwortete Susanne kühl, „dann lesen Sie die Faltblätter, die im Vorraum ausliegen. Darüber hinaus haben wir eine übersichtliche Homepage im Internet. Haben Sie noch Fragen, die ihren Fall betreffen, oder war es das?"

Holtkamp klappte seinen Block zu und trank die Tasse aus. Er stand auf.

„Nein, das war es. Vielen Dank für Ihre Hilfe. Falls wir noch Fragen haben, kommen wir wieder."

Susanne verzog das Gesicht. „Sie finden allein hinaus?"

Als die beiden Beamten das Gebäude verließen, warf Krämer einen letzten Blick auf das Gebäude.

„Irgend etwas stimmt da nicht", bemerkte er.

„Wieso?" sagte Holtkamp. „Durch die EU-Erweiterung haben die kleinen Angler die Möglichkeit, sich einen dicken Fisch an Land zu ziehen. Und Eschenbach hilft ihnen dabei. Ist doch nichts Ungesetzliches."

„Das meine ich nicht. Hier stinkt was anderes, ich weiß nur nicht, was."

„Das sind die Gullis", erwiderte Holtkamp ungeduldig und schloss den Wagen auf. „Los, komm jetzt."

VII

Schon nach fünf Minuten auf dem Gehöft wusste Ingrid Mertens, dass sie bei Jeschkes nächstem Nachbarn auf eine Goldgrube gestoßen war. Erna Herbolt erwies sich als redselig, während ihr Mann nur hin und wieder einen Kommentar zu dem Gespräch beisteuerte. Er schien sich damit abgefunden zu haben, dass seine Frau das Regiment führte.

„Ach, der arme Heini", sagte die Frau und goss ein Gebräu in Ingrids Tasse, das nach allem roch, aber nicht nach dem angekündigten schwarzen Tee. „Ich hab immer zu meinem Mann gesagt, dass das mal böse enden wird. Nicht wahr, Franz? Hab ich doch gesagt."

„Mm." Franz nickte und schob seine Tasse zurecht. Dann schnalzte er mit der Zunge und sah Ingrid an, die ihm gegenüber saß. „Jau, dat häw se säggt."

Ingrid hatte über ein Jahr gebraucht, sich die plattdeutsche Sprache beizubringen. Jetzt kamen ihr die Kurse an der Volkshochschule gut aus, auch wenn es mit dem Sprechen selber noch haperte.

„Ja, und dann diese junge Frau auf dem Hof." Frau Herbolt wuchtete ihre Pfunde auf einen schmalen Stuhl, der leise ächzte. Sie beugte sich zu Ingrid hinüber. „Ich weiß es ja nicht genau, aber man munkelt, der olle Jeschke hatte sich in das junge Ding verguckt. Und das in seinem Alter! Das geht doch nicht, oder?! Aber ich will nichts gesagt haben."

Ingrid sah in das rötliche Gesicht der Bäuerin, die einen Blick mit ihrem Mann tauschte. Lohnte sich die Mühe, solchen munkelnden Neuigkeiten nachzugehen?

„Sie haben also gehört, dass Herr Jeschke ein Verhältnis mit …“

„Von einem Verhältnis hab ich nichts gesagt!“ wehrte die Bäuerin heftig ab.

Ingrid wechselte das Thema. „Wussten Sie, dass Frau Borg einen Artikel über Jeschke schrieb?“

Erna Herbolt verzog das Gesicht.

„Das hat sie gesagt. Sie war ein paarmal hier; hat uns nach unserem Leben befragt. Wie es ist, so, heutzutage auf dem Lande. Sie war nett, sehr zuvorkommend. Da kann man nichts gegen sagen. Wir haben uns dann unterhalten. Das war eigentlich ganz schön, soviel Besuch kriegen wir ja nicht mehr in unserem Alter. Nicht, Franz?“

„Mm.“

Ihr Mann griff sich einen Berliner, die Erna Herbolt auf den Tisch gestellt hatte. Ingrid lehnte ab, als er ihr den Teller mit dem Kuchen rüberschob.

„Ist zuviel Fett drin, nicht?“ Die Bäuerin lächelte, als sie Ingrids abwehrende Geste bemerkte. „Was ihr jungen Dinger immer habt. Früher, da wären wir froh gewesen …“

„Kennen Sie den Neffen von Herrn Jeschke?“ unterbrach sie Ingrid belustigt.

„Den Ingenieur? Ja, den kennen wir noch, als er als kleiner Strops bei Heini im Heu herumgetobt ist. Ein feiner Herr ist aus ihm geworden. Richtig hohes Tier in Berlin. Trotzdem ist er jedesmal zu uns gekommen, wenn er seinen Onkel besucht hat. Der hat uns nicht vergessen.“

„Gibt es noch andere Verwandte?“

„Außer dem Neffen?“ Erna Herbolt dachte nach, bevor sie betrübt den Kopf schüttelte. „Näh, die sind alle tot. Heini war der letzte auf dem Hof. Der Öhm, sozusagen."

„Öhm?"

„Ja, das sind die unverheirateten Männer, die auf dem Hof leben und arbeiten. Für Essen und Trinken. Gibt es heute nicht mehr so viel, nicht, Franz?"

„Näh."

„Sag ich doch."

„Hatte Herr Jeschke Feinde?" Ingrid nahm den Zuckertopf an sich und füllte mehrere Löffel voll in ihren Tee, ehe sie umrührte.

„Feinde? Heini?" Erna lachte auf. „Näh, die hatte er nicht. Weder Feinde noch Freunde."

„Besuch?"

Franz Herbolt schnaubte verächtlich. „Auch nicht."

„Er nicht", unterbrach ihn seine Frau. „Aber ... da waren in letzter Zeit einige junge Männer in der Nähe des Hofes. Wissen Sie, wir hatten mal eine Hündin. Wenn die läufig war, dann ..."

„Erna!"

Frau Herbolt beachtete ihren Mann nicht und sprach weiter: „So'n junges Ding auf'm Hof; da wird viel geredet."

„Was für Männer?"

„Alle habe ich nicht gekannt. Waren wohl welche aus dem Dorf dabei. Aber an ein paar Nachbarjungs kann ich mich erinnern. Weißt du noch, Franz, nach dem Schützenfest am letzten Wochenende waren sie da. Da war sie nämlich auch gewesen, diese Vera. Auf dem Schützenfest, meine ich."

Franz machte eine abwehrende Geste und nahm sich noch einen Berliner.

„Könnten Sie mir eine Liste der Namen von den Personen machen, die in letzter Zeit auf dem Bauernhof waren?"

„Sicherlich kann ich das", sprach sie zurückhaltend und fügte nach einer kurzen Pause hinzu: „Aber nicht, dass ich da jemanden in irgendwas hineinreite."

„Wir werden die Angaben nur überprüfen", bemerkte Ingrid abwehrend. „Keine Sorge, ihre Informationen werden vertraulich behandelt."

„Na, dann ist es ja gut. Nicht auszudenken, wenn jemand erfährt, dass wir uns verplappert haben. Noch etwas Tee?"

Ingrid lehnte ab. Sie hatte mit dem bissigen Geschmack ihres ersten Tasseninhaltes noch genug zu kämpfen. Außerdem besaß sie viele neue Informationen, die sie so schnell wie möglich an ihren Chef weiterleiten wollte.

Während Erna Herbolt mit Hilfe ihres Mannes ein paar Namen auf ein Blatt Papier kritzelte, sah Ingrid nach draußen. Jeschkes Hof lag keine hundert Meter von Herbolts Anwesen entfernt. Eine helle Nachmittagssonne warf lange Schatten über die Hecke, die die beiden Gehöfte trennte. Von draußen drang leises Vogelgezwitscher an ihre Ohren.

„Wer wohl jetzt das ganze Geld erbt", seufzte Erna Herbolt, als sie den Kugelschreiber beiseite legte. Ingrid sah sie interessiert an.

„Hatte Jeschke denn so viel?"

„Natürlich. Hat er uns zumindest gesagt. Diese Firma mit den vielen Lastwagen; Heini hat denen doch seine Tenne verpachtet, für viel Geld, wie er betonte. Da war tagelang was los. Ein Lastwagen nach dem anderen, alles so ausländische Kennzeichen."

„Wissen Sie noch, wann das anfing?"

„Warten Sie … das muss im September gewesen sein."

„August", berichtigte sie ihr Mann, und ein Schwall Puderzucker begleitete seinen Einwand. Er hustete und kaute vorsichtig weiter. „Das war Ende August."

„Kann auch sein, man vergisst solche Sachen schnell. Jedenfalls war da reger Verkehr. Unser Sohn kommt jeden Tag nach der Arbeit an Jeschkes Hof vorbei. Er hat uns immer das Neueste erzählt. Sind Sie eigentlich verheiratet?"

Ingrid schüttelte belustigt den Kopf.

Wenig später hatte Erna Herbolt ihren Mann in die Tenne verwiesen und eine Flasche Eierlikör nebst zwei Gläsern auf den Tisch gestellt. Es dauerte nicht lange, bis die Bäuerin ihren Sohn gegenüber Ingrid in höchsten Tönen lobte. Und in ebenso kurzer Zeit begriff die Beamtin, dass dieser hochgelobte Sohn noch solo war. Eine gute Partie, ehrgeizig, adrett, und im Vorstand des Schützenvereins Rot-Blau sowie des Eber-Zuchtvereins. Ingrid lehnte sowohl den Eierlikör wie die nähere Bekanntschaft des Sohnes ab, obwohl sich seine Mutter als Vermittlerin anbot. Kurze Zeit später verließ die Beamtin aufatmend das Gehöft.

Bauer hatte die vorhandenen Papiere Frau Engelhardt gegeben. Die Telefonistin hatte versprochen, die Seiten zu kopieren und an Staatsanwalt Roberts weiterzuleiten.

Danach wartete er im Büro auf seine Mitarbeiter. Er war dabei nicht untätig gewesen, hatte sich telefonisch Erkundigungen über Jeschkes Neffen eingeholt. Nebenbei hatte ihn Frau Engelhardt mit der Personalakte von Tobias Krämer versorgt, die er eingehend studierte. Krämer war ein steiler Aufstiegskandidat in der Kriminalpolizei. In Duisburg tätig, hatte er sich nach zwei Jahren in einer Sonderkommandoeinheit bereits einen Namen gemacht. Er wurde sogar als neuer Anwärter für einen Hauptkommissarposten gehandelt. Seltsamerweise entzog er sich dieser Bürde durch eine Versetzung nach Münster. Nach einem einjährigen Aufenthalt bei der dortigen Kripodienststelle wollte er sich nun erneut versetzen lassen. Dieses Mal in Bauers Team. Begründungen für seine Versetzungsgesuche fand Heinz Bauer nicht in der Akte, und das machte ihn stutzig. Wieso, überlegte er, verließ ein junger Mann wie Krämer immer dann seinen Job, wenn man ihm mit Verantwortung kam? Sowohl in Duisburg, wo er geboren war, wie auch in Münster hatte man ihm eine Leitung über ein gutes Team geben wollen und doch hatte er beide Male abgelehnt. Er war nicht nur für ein paar Tage ausgeliehen, wie behauptet wurde, sondern er würde bleiben, das schien Bauer klar.

Er beschloss, Krämer in einer ruhigen Minute darauf anzusprechen. Er kannte ihn noch zu wenig und empfand es als zu früh, um das Thema direkt auf den Tisch zu legen.

Um kurz nach achtzehn Uhr ging die Sonne unter. Bauer überfiel ein Müdigkeitsschauer. Heute erst war er aus dem Urlaub zurückgekommen, und schon saß er wieder mitten in der Arbeit. Er dachte an seine Enkeltochter. Hanna hatte sich gemacht. Ein halbes Jahr war sie jetzt alt und schien bereits die Fähigkeit entdeckt zu haben, mit wenigen Lauten und Bewegungen die gesamte Familie zu lenken. Ihn als Großvater eingeschlossen. Ihm kamen Bilder aus Christianes Kindheit in den Sinn. Seine Tochter war ähnlich gewesen. Bestimmend, intelligent und mit einem vorlauten Mundwerk ausgestattet. Eigenschaften, die sie wohl von ihm bekommen und an ihre eigene Tochter weitergegeben hatte. Er durfte sich nicht beschweren. Dafür hatte er sich früher zu wenig um seine beiden Kinder und zuviel um seine Arbeit gekümmert. Jetzt war der Zug abgefahren, gestand er sich ein.

Er telefonierte mit seiner Frau. In Köln ging alles seinen gewohnten Gang. Renate fragte nach Arents, und er erzählte ihr von dem angeblichen Gesuch um Frühpensionierung. Sie zeigte sich betroffen und äußerte, dass vielleicht noch etwas anderes dahinter stecken könnte. Bauer ging diese Idee schon seit ein paar Stunden nicht mehr aus dem Kopf. Er hatte sich immer wieder gefragt, warum Jürgen nicht zu ihm gekommen war. Renate riet ihm, Arents aufzusuchen und mit ihm zu reden.

Bauer versuchte danach unzählige Male, Jürgen Arents ans Telefon zu bekommen. Sein Freund hatte keine Kinder, bei denen er nachfragen konnte, wo er war. Auch von anderen Verwandten wusste Bauer nichts, und die wenigen Bekannten von Arents hatte er bereits angerufen. Niemand konnte ihm mitteilen, wo er sich aufhielt.

Langsam wuchs seine Sorge.

Krämer trat aus dem Waschraum auf den schmalen Flur des Präsidiums und wandte sich zum Kaffeeautomaten, der mitten im Gang stand. Holtkamp hatte sich bereits einen Becher gezogen und wartete darauf, dass sein Chef sie beide ins Büro zitierte. Noch ließ sich dieser jedoch Zeit damit.

„Hat er sich noch nicht gemeldet?“ Krämer wies mit einer Kopfbewegung auf Bauers Bürotür. Dann warf er eine Münze in den Automaten und drückte auf die Taste café con latte.

„Noch nicht.“ Holtkamp nippte an seinem Becher. „Ingrid

ist bei ihm. Ich weiß nicht, worüber sie sprechen."
„Wohl nicht über uns."
Holtkamp sah ihn an. „Vielleicht reden sie ja über dich."
Sein Kollege schnaubte verächtlich und zog seinen Becher aus dem Automaten. Der Kaffee war heiß. Krämer zog sich einen Zigarillo aus der Packung und steckte ihn an.
„Über mich gibt es nicht viel zu reden", bemerkte er gelassen.
„Da wäre ich mir nicht so sicher. Es gibt bestimmt einen Punkt in deinem Leben, über den man reden kann."
„So interessant bin ich nicht."
„Was nicht ist ..."
„Du spinnst."
Krämer wandte sich ab. Er hatte keine Lust auf die Wendung des Gespräches. Sein Leben ging nur ihn etwas an und niemand hatte das Recht, dumme Bemerkungen darüber zu machen. Vor allem nicht so ein Schmalspurkommissar aus dem ländlichen Raum.
Er setzte sich auf einen Stuhl und schnippte die Asche auf den Boden, bevor er einen kräftigen Zug Zigarilloqualm einatmete.
„Hat dir schon mal einer gesagt, dass deine Dinger scheußlich stinken?" sagte Holtkamp.
„Hat dir schon mal einer gesagt, dass du zuviel redest?!"
Sein Kollege verzog das Gesicht.
„So direkt noch nicht."
„Dann bin ich eben der erste."
In diesem Moment öffnete sich die Bürotür, und Bauer steckte seinen Kopf heraus.
„Ihr könnt reinkommen", sagte er.

Seine Mitarbeiter folgten der Einladung.

„Die Frau hat das Regiment in der Firma“, bemerkte Krämer nachdrücklich und warf einen Prospekt von Eschenbach auf Bauers Schreibtisch. Dabei wechselte er einen Blick mit Ingrid, die auf einem Stuhl saß. „Da ist was faul, da bin ich mir sicher.“

Bauer nahm den Prospekt an sich und blätterte ihn kurz durch.

„Das ist ein Insolvenzaufkäufer“, hatte Ingrid bemerkt.

Woher sie das wisse, hatte Holtkamp gefragt, und sie hatte gelächelt. „Internet-Recherche.“

„Diese Firma kauft also Insolvenzware auf und verkauft sie weiter?“ fragte Bauer.

„Ja“, antwortete Krämer. „Je nachdem, was sie für Aufträge einholen, schauen sie sich auf dem Markt um. Und dann schlagen sie bei den Billigangeboten zu und kaufen insolvente Firmen auf.“

„Was aber nicht verboten ist“, fügte Holtkamp hinzu.

Krämer warf ihm einen bösen Blick zu. „Jedenfalls war es mit diesem Auftrag aus Estland auch so, wie wir herausgefunden haben. Billig eingekauft, teuer verhökert.“

„Damit kommen wir nicht weiter. Oder seht ihr darin ein Motiv, zwei Leute zu ermorden?!“ Bauer rieb sich seine müden Augen. Ihm war nach Feierabend. „Ich schlage vor, wir kümmern uns Morgen weiter darum. Was ist mit diesen Jungs vom Schützenverein?“

„Ich habe die Namen von einem halben Dutzend junger Männer, die in letzter Zeit mit Vera Borg zu tun hatten“, sagte Ingrid und lächelte. „Frau Herbolt war sehr auskunftsfreudig.“

„Die Herren nehmen wir uns einzeln vor. Alibi, Kontakte untereinander und alles andere. Morgen fangen wir gleich als erstes damit an. Aber für heute machen wir Schluss", entschied Bauer. „Morgen haben wir auch einen vollständigen Bericht der Spurensicherung. Hat mir Minnebusch zumindest zugesichert. Damit wird die Sache konkreter. So, möchte einer von euch noch ein abschließendes Wort abgeben?"

Die drei jungen Beamten schüttelten den Kopf. Ingrid blickte Krämer an.

„Fährst du heute Nacht zurück nach Münster?"

Krämer schmunzelte. „Wieso fragst du? Hast du deine Couch über?"

Ingrids Wangen röteten sich.

„Das wollte ich damit nicht sagen", sprach sie zurückhaltend.

„Schade. Ich hätte angenommen." Krämer bemerkte Holtkamps wütenden Gesichtsausdruck in seinem Nacken. „Aber, ich muss dich enttäuschen; ich habe schon ein Zimmer in einem kleinen Hotel an der Burgstraße."

„Burgstraße? Dann haben wir ja den gleichen Weg. Soll ich dich mitnehmen?"

„Gerne. Und wenn du Lust hast, können wir ja irgendwo noch ein Bier trinken gehen."

„Warum nicht. Kommst du mit, Alex? Das Foggy Dew hat bestimmt noch offen."

„Näh, danke", antwortete Holtkamp frostig.

Ingrid zuckte die Schultern. „Dann eben nicht."

VIII

Der nächste Tag begann wärmer. Von Westen zog ein Regengebiet heran und schob warme Luft vor sich her. Erste Frühlingsboten bedeckten die vom Winter ausgemergelte Landschaft und ließen erahnen, dass sich die frostige Jahreszeit auf dem Rückzug befand.

Bauer war früh aufgestanden. Er saß zuhause in der Küche bei einem Müsli. Die Tageszeitung lag vor ihm auf dem Tisch, und der Artikel über den Fund der beiden Toten war ihm sogleich ins Auge gesprungen. Unübersehbar auf der ersten Seite der Regionalnachrichten. Leitner hatte mal wieder ganze Arbeit geleistet und sich selber im Zuerfinden von Indizien übertroffen. Dafür war der Reporter bekannt. Und bei Bauer unbeliebt.

„Wenn ich dich zwischen die Finger kriege“, murmelte er gerade, als sein Telefon schellte.

„Morgen, Chef.“ Es war Ingrid. Sie schien amüsiert. „Na, gut geschlafen?“

„Ja, aber schlecht ist mir trotzdem. Hast du schon in die Zeitung geschaut?“

Ingrid kicherte. „Unser Lieblingsreporter hat wieder zugeschlagen. Hab es eben gelesen. Manchmal meine ich, dein Busenfreund von der Presse hat eine ausschweifende Fantasie.“

„Wenn es nur das wäre. Na, egal. Was treibt dich dazu, mich jetzt schon anzurufen? Ich wäre sowieso gleich ins Präsidium gekommen.“

„Es ist wegen Tobi.“

„Wer ist Tobi?“

„Krämer. Tobias Krämer.“

„Schön. Und was ist mit … Tobi?“

„Weißt du, warum er sich versetzen lässt?“

„Noch nicht.“ Bauer stutzte. „Wieso? Weißt du es denn?“

„Vielleicht. Aber das sollten wir nicht am Telefon besprechen. Ich wollte dir nur sagen, dass du dich schon mal auf eine interessante Neuigkeit vorbereiten solltest.“

„Du machst mich neugierig.“

„Darfst du auch sein. Noch ein Tipp: Schlag in der Zeitung den Teil von Münster auf. So, bis gleich.“

Ingrid legte auf, und Bauer suchte nervös in seiner Zeitung nach der Regionalseite von Münster. Endlich fand er sie, und mit hochgezogenen Brauen las er den Artikel, den Ingrid angedeutet hatte.

Er hatte einiges mit Lenz zu besprechen!

„Sie sehen Gespenster.“

Bauer verzog das Gesicht. Dr. Lenz wich ihm aus, und das schmeckte ihm gar nicht.

„Herr Dr. Lenz …“, begann er, wurde aber von seinem Vorgesetzten unterbrochen.

„Herr Bauer!“ Lenz Stimme besaß einen bösen Unterton. „Ich werde hier und jetzt nicht mit Ihnen über Ihre Mutmaßungen reden. Krämer ist koscher; der Verdacht, den Sie meinen aufbauschen zu müssen, ist bisher nicht bestätigt worden. Es gibt keine Indizien, die ihn belasten. Nur eine Kollegin, die nachgewiesenermaßen in jener Nacht unter Drogen gestanden hat. Solange die Sachlage nicht gerichtlich entschieden wurde, wird Krämer weder suspendiert noch beurlaubt."

„Nur versetzt."

„Das habe ich gehört, Herr Bauer!", brauste Lenz auf.

Bauer winkte ab. „Von mir aus kann das die ganze Abteilung hören."

„Davon rate ich ab." Lenz Unterton wechselte, und fast flehentlich fuhr er fort: „Wir beide wissen doch, dass solche Vorfälle gerne von der Presse ausgeschlachtet werden. Gut, bei sexuellen Übergriffen stehen wir in der Pflicht, rechtzeitig einzugreifen. Wenn so etwas vorkommt, muss die Sache lückenlos aufgeklärt werden. Intern. Ich kann Ihnen versichern, man ist dabei, den Vorfall aufzuklären. Intern, dass das klar ist. Aber lassen Sie mich Ihnen noch eines sagen: Für Tobias Krämer lege ich meine Hand ins Feuer. Er hat die Kollegin weder gefesselt noch sexuell bedrängt."

„Was macht Sie so sicher?"

Lenz seufzte und blickte einen Moment gebannt auf seine Hände. Dann entschloss er sich, seinen wahren Beweggrund mitzuteilen, der ihn dazu bewogen hatte, Krämer in Bauers Team zu stecken, bis die delikate Sache von der Staatsanwaltschaft geklärt war.

„Sie sollten wissen: Tobias Krämer ist … mein Neffe."

Holtkamp fing Tobias Krämer noch vor Bauers Büro ab.

„Na, wie war die Nacht?"

Krämer sah seinen Kollegen erstaunt an. Dann lächelte er.

„Falls du wissen willst, ob Ingrid mir gestern noch einen Kaffee angeboten hat; nein, hat sie nicht. Leider."

„Hör zu, du Pfeife", zischte Holtkamp. „Wenn du sie anpackst, hast du ein Problem!"

Krämer schmunzelte und betrachtete belustigt Holtkamps Figur, die eher schmächtig wirkte.

„Deine … Ingrid und ich hatten ein nettes Gespräch. Sonst ist nichts passiert. Allerdings waren einige Bekannte von dir in der Kneipe. Wie ich hörte, treibst du ein interessantes Nachtleben. Im wahrsten Sinne des Wortes. Waren tolle Frauen dabei. Die hätte ich auch gevögelt."

Holtkamp ballte die Faust, und Krämer hob beschwörend die Hände.

„Spar dir deinen Wutausbruch", riet er. Dann öffnete er grinsend Bauers Bürotür, blieb jedoch auf der Schwelle stehen.

„Ach, und noch was", sagte er. „Wenn du das nächste Mal wieder durch die Stadt ziehst, gib mir Bescheid. Ich bin gerne mit von der Partie. Ich hab ja jetzt ein eigenes Zimmer."

Als er im Büro verschwand, kochte Holtkamp vor Wut.

„Du affektierter Arsch!", zischte er leise und folgte ihm nur widerwillig.

Bauer sah sich die Bilder der beiden Toten sehr genau an. Sie hingen an einer Magnettafel im Besprechungszimmer. Hin und wieder gab er ein unzufriedenes Geräusch von sich. Alles in allem aber musste er zugeben, dass die Qualität in Ordnung war.

Als er sich seinen Kollegen zuwandte, nahm er die Lesebrille von der Nase.

„Tja, Herrschaften." Er seufzte. „Von der abstoßenden Brutalität einmal abgesehen, haben die Bilder was Ästhetisches."

Minnebusch räusperte sich.

„Der Fotograf ist neu in unserer Truppe."

„War wohl vorher in der Modebranche tätig, was?", witzelte Krämer, woraufhin ihn der Leiter der Spurensicherung böse ansah.

„Nein, das war er nicht."

Heinz Bauer unterbrach die beiden und kam auf den Bericht von Minnebusch zu sprechen. Demnach gab es nur eine Spur, die darauf deutete, dass sie es mit einem bisher unbekannten Mörder zu tun hatten: Der Luminol-Fingerabdruck.

„Ja, das ist das Einzige, was wir gefunden haben", bestätigte Minnebusch. „Den Abschiedsbrief hat Jeschke selber geschrieben. Wir haben die Schrift mit anderen Proben verglichen. Das Ergebnis ist eindeutig."

„Was ist mit dem Mageninhalt aus der Toilette?"

„An der DNA Probe arbeiten wir noch. Ich schätze, Morgen wissen wir Genaueres."

Bauer schüttelte unwirsch den Kopf.

„Komplizierte Sache", gestand er und setzte sich auf einen Stuhl. „Versuchen wir mal, den Hergang der Tat zu rekonstruieren. Wir können annehmen, dass sich das tragische Unglück etwa zwei Nächte vor dem Fund der Leichen abgespielt hat. Das wäre damit am Montag gewesen. Vera Borg begibt sich, warum auch immer, in die Tenne. Dort trifft sie ihren Mörder, der bereits mit der Heugabel auf sie wartet."

„Hat er wirklich dort mit dem Gedanken auf sie gewartet, sie umzubringen?" gab Ingrid zu bedenken. „Es könnte doch auch eine Tat im Affekt gewesen sein."

Bauer nickte.

„Die Antwort darauf kennt nur der Täter", sagte er. „Aber, konstruieren wir weiter. Nachdem der Mörder zugeschlagen hat, lässt er sein Opfer liegen. Jetzt kommt Jeschke ins Spiel."

Krämer hakte nach. „Wissen wir eigentlich, ob sich die Tat wirklich in der Tenne zugetragen hat?"

„Ja", antwortete Minnebusch. „Unweit der Frauenleiche fanden wir den eigentlichen Tatort. Der Boden ist mit Vera Borgs Blut durchtränkt. Jemand hat später eine Kiste drübergestellt. Deshalb fanden wir ihn nicht sofort."

„Unser Mörder?"

„Wahrscheinlich."

„Das sehe ich auch so", bestätigte Bauer die Idee von Minnebusch. „Weiter im Text. Jeschke kommt also auf die Bühne. Kennt er den Mörder? Hilft er ihm, Vera Borg so herzurichten, wie wir sie fanden?"

„Und schreibt dann seinen Bekennerbrief und bringt sich um?!" Krämer schüttelte den Kopf. „Sehr unglaubwürdig. So durchgeknallt konnte der Bauer gar nicht sein."

„Vielleicht wurde er auch umgebracht."

Krämer schnaubte verächtlich, als Ingrid ihren Gedanken ausgesprochen hatte.

„Na, klar. Er schreibt seinen eigenen Todesbrief, legt sich brav ins Bett und lässt sich erschießen. Ihr seid echt ein dream team hier."

„Wenn du so schlau bist", zischte Holtkamp aus dem Hintergrund und verschränkte die Arme, „dann erzähl *du* uns doch mal die richtige Geschichte. Bin echt gespannt darauf, Mister Großmaul."

„Pass bloß auf!", zischte Krämer gereizt.

Bauer merkte, dass er die aufkommenden Feindseligkeiten unterbrechen musste. Sonst entglitt ihm die Sache.

„So kommen wir nicht weiter“, ermahnte er seine Kollegen. „Wir sollten uns nicht anfeinden, das wäre nur hinderlich. Wenn jemand eine Idee ausspricht, dann sollten wir sie diskutieren und uns nicht darüber lustig machen. Das gilt für alle von euch. Und zu dir, Tobias: Wir sind hier nicht in Duisburg und auch nicht in Münster. Wir mögen kein „dream team sein, wie du das nennst. Aber wir haben bisher einige Fälle gelöst, die nicht leicht zu knacken waren. Und es waren keine Zufälle, die uns zur Lösung gebracht haben, sondern gute Zusammenarbeit.“

Bauer sah Krämer an, der verzog nur die Mundwinkel.

„Gut, dann hätten wir das geklärt. Jetzt zurück zu einer Frage, die ich wichtig finde: Kannte Jeschke seinen Mörder?!“

Er sah in die Runde, als würde er eine Antwort erwarten.

„Wie meinst du das?“ fragte Holtkamp. „Er soll ihn gekannt haben?“

„Wenn es ein Bekannter war, ändert sich der Tathergang. Dann müssen wir umdenken.“

„Du meinst, es war einer von diesen jungen Typen aus dem Schützenverein?“

Bauer nickte. „Ja, Ingrid, das meine ich. Und da werden wir ansetzen. Wir haben den Zettel mit den Namen von Jeschkes Nachbarin bekommen. Und wir werden uns heute mit ihnen unterhalten. Alibi, Fingerabdrücke, Aussagen. Wir nehmen sie uns einzeln vor, wenn es sein muss, hier auf dem Präsidium. Gestern war ich mir fast sicher, wir haben es mit einem Profimörder zu tun. Aber ich habe letzte Nacht nachgedacht. Ich glaube jetzt, dass der Täter im Umfeld der Leerer Bauernschaft zu suchen ist."

„Und welches Motiv sollte der Mörder haben?"

Bauer zuckte die Schultern. „Das weiß nur er allein. Aber wir werden es finden, dessen bin ich mir sicher."

„Kommt Täter, kommt Motiv", sagte Krämer lächelnd.

„Kommt Krämer, kommt Ärger", fügte Holtkamp so leise hinzu, dass nur sein Kollege, der neben ihm saß, ihn verstehen konnte.

Er war früh angefangen. Acht Uhr, wie jeden Tag. Die Halle sah unordentlich aus, wie jeden Tag, und er hatte die Aufgabe, für Ordnung zu sorgen. Kein hochbezahlter Job und kein Job für einen ausgebildeten Mechaniker. Aber der war er ja auch nicht. Er war nur ein Hilfsarbeiter, das sagten zumindest seine Kollegen. Und die mussten es wissen, sie waren um einiges intelligenter als er.

Den Schulabschluss hatte er nicht geschafft. Seine Lehrer auf der Sonderschule hatten alles versucht, damit er einen ordentlichen Abschluss bekam. Aber sie hatten versagt. Wie so viele Menschen in seinem Leben. Allen voran sein Vater.

„Du bist ein Idiot!" hatte er immer geschrien, und dann hatte er seinen Frust über den missratenen Sohn mit billigem Fusel heruntergespült. „Ein hirnloser Trottel! Aus dir wird gar nichts! Wir können froh sein, wenn wir dich irgend wohin verkaufen können! Wie einen alten Hund!"

Und dann hatte er weiter gesoffen, Schluck für Schluck. Bis er irgendwann betrunken in einer der schmutzigen Ecken im Wohnzimmer zu liegen kam.

Erich war es lieber so. Früher hatte ihn sein Vater in solchen Zuständen windelweich geprügelt. Erst mit fünfzehn hatte er sich wehren können. Ab da hörte sein Vater mit den Schlägen auf, fing aber an, ihn mit Worten zu traktieren, denen er kaum etwas entgegenzusetzen hatte und die noch schlimmer an seiner Seele bissen. Er begann zu schreiben. Geschichten als Ventil. Keine hohe Kunst der Literatur, nur kurze, einfache Storys. Zeilen von Schmerz und Tod, durchtränkt von einer Einsamkeit, die er selber nur zu gut kannte. Ihm fehlte die blumige Ausdrucksweise, ihm fehlte es an einer anständigen Wörtersammlung im Kopf. Keiner wusste das besser, als er selbst. Aber das, was aus ihm heraussprudelte, machte vieles wett. Und er war mit dem Ergebnis zufrieden. Mehr als zufrieden.

Bis zu diesem Tag.

„Erich!"

Er horchte auf, machte eine Pause in seinen Bewegungen, die er mit dem Besen ausführte. Einer der Jungs hatte ihn gerufen. Man suchte ihn.

„Ich bin hier!", rief er zurück.

Kurze Zeit später standen drei Lehrlinge des Betriebes neben ihm und grinsten ihn an. Sie hatten Mittagspause, und sie mussten mit ihrem Betriebsidioten ein Wörtchen reden.

„Sag mal, Erich", begann einer und trat nahe an ihn heran. Er umklammerte seinen Besenstiel fester. „Hast du heute auch schön artig die Zeitung gelesen?"

„Kann er doch gar nicht, Martin", sagte ein anderer und alle lachten.

„Stimmt", sagte Martin. „Unser Erich kann nicht gut lesen. Aber schreiben tut er."

„Ja“, sprach der zweite, der Lukas hieß. „Und dann gibt er es uns zum Lesen.“

„Was wir ihm hoch anrechnen“, fügte der dritte hinzu und steckte sich eine Zigarette an.

„Hier… i… ist Rau… Rauchen unter… sagt“, stammelte Erich.

„Quatsch kein Blech“, fuhr ihm Martin über den Mund. „Wer raucht denn hier?! Wenn du dem Boss was stecken solltest, könnte das böse ausgehen. Denk an das letzte Mal.“

Erich wich einen Schritt zurück und sah seinen Gegenüber ängstlich an. Alle drei lachten.

„He.“ Martin hob beruhigend eine Hand. „War doch nur Spaß. Wir würden dir doch nie was tun, oder, Jungs?!“

„Genau, nie.“ Die beiden verneinten grinsend. „Wo du doch so schöne Storys für uns schreibst.“

Martin nickte. „Und genau darüber wollten wir mit dir sprechen. In der Zeitung steht ein Artikel. Es is'n Doppelmord passiert. Genau so einer, wie du ihn mal aufgeschrieben hast. Erinnerst du dich? Diese Sache mit dem nackten Mädchen und dem Bauern.“

Erichs Augen weiteten sich. „N… nacktes M… Mädchen? Weiß nicht, w… was ihr m… meint.“

„Du weißt genau, was wir meinen.“ Martin trat erneut einen Schritt auf ihn zu und blies ihm seinen Zigarettenqualm ins Gesicht. Er roch nach abgestandenem Motorfett, und der Qualm raubte Erich fast den Atem. Panik überkam ihn. Martin warf seine Zichte auf den Boden und trat die Glut mit dem Schuh aus.

„Und das fegste gleich mit weg“, befahl er. Erich nickte.

Im Hintergrund der weitläufigen Halle tauchten zwei

Gestalten auf, die zunächst keiner beachtete.

„Du hast den Ablauf genau beschrieben“, sprach Martin eindringlich weiter. „Ich hab’s selber gelesen, und die anderen auch. Und jetzt möchten wir wissen, ob du die Sache durchgezogen hast. Ich meine, so richtig mit Blut und so.“

„N… nein! H… h… hab ich nicht!“

Erich suchte nach einem Ausweg. Das große Tor versperrten zwei Personen, die langsam näherkamen. Aber das gegenüberliegende Tor war offen, und bis dahin war es nicht weit. Er hatte auch schon einen Plan. Nur einen Moment noch …

„Tag.“ Holtkamp zog seinen Dienstausweis, als er die Gruppe erreicht hatte. Ingrid fand ihren nicht sofort. Daher war ihre Konzentration abgelenkt.

„Wir sind von der Kripo Steinfurt. Wer von Ihnen ist Erich Steinbeck?“

Jetzt oder nie, hatte Erich gedacht. Der Moment war günstig. Sein Held hätte es nicht besser haben können.

Er sprintete los.

IX

Erich saß in sich versunken auf einem Stuhl im Verhörzimmer und hatte sich seit Minuten kaum bewegt. Nur sein Oberkörper schaukelte hin und her, wie ein weidwundes Tier in einem Käfig. Sie hatten ihn kurz nach seiner Flucht aus der Halle geschnappt und aufs Präsidium gebracht. Jetzt wartete er auf die weiteren Dinge, die auf ihn zukamen. Ein uniformierter Beamter saß auf einem Stuhl neben der Tür und ließ keinen Blick von ihm. Hier kam er nicht mehr heraus. Was würde der imaginäre Held aus seinen Romanen in solch einer Situation tun?

Er sah zu dem Spiegel hinüber, der eine halbe Wand des kleinen Raumes einnahm. Das hatte er mal in einem Krimi gesehen. Dahinter konnte man ihn beobachten, ohne dass man selber sah, wer da stand. Waren es die beiden Bullen, die ihn einkassiert hatten? Die Frau hatte nett ausgesehen, und sie hatte ihm beruhigend zugeredet. Seit Jahren hatte keine Frau mehr so zu ihm geredet. Sein Held würde eine neue Freundin bekommen, wurde ihm in diesem Moment bewusst.

Holtkamp verschränkte die Arme vor der Brust und blickte auf Ingrids Profil. Sie starrte durch den Spiegel auf Erichs eingefallene Gestalt, die im Nebenraum ausharrte.

„Und?“, begann er. „Wie war’s gestern noch?“

Ingrid wandte ihm ihre Aufmerksamkeit zu. Der harte Ton in seinen Worten missfiel ihr.

„Was meinst du?“

„Das weißt du doch."

Sie lächelte. „Redest du etwa von Tobias?"

„Natürlich rede ich von Tobias. Wie ist er denn so?"

„Ganz in Ordnung, schätze ich."

Holtkamp grunzte. „Schätzt du. Ihr seid euch ja sehr nahe gekommen, wie es scheint."

„Spinn' nicht rum." Sie tippte sich an die Stirn. „Da war nichts. Ich hab ein paar Bier mit ihm getrunken, und dann sind wir, jeder für sich, nach Hause gegangen."

Holtkamps Augenbraue hob sich. „Sonst ist nichts passiert?"

„Selbst wenn", gab sie spitz zurück, „dich würde es nichts angehen. Ich muss mich vor dir doch nicht rechtfertigen. So weit kommt es noch."

„Du musst dich auch nicht rechtfertigen", sprach er vorsichtig. „Aber ich glaube nicht, dass du mit Tobias was anfangen solltest."

Sie winkte ab.

„Wie kommst du darauf, dass ich so etwas vorhabe?! Du spinnst wirklich." Dann wurde sie sauer. „Und eines sage ich dir: Wenn dir einfallen sollte, dich weiter in mein Leben zu mischen, dann ...!"

Die Tür des schmalen Nebenraumes öffnete sich, und sogleich erlosch das Gespräch der beiden. Nur ein leiser Hauch aus abgestandenem Zorn blieb zurück.

Bauer trat vor Tobias Krämer ins Zimmer und hielt kurz inne, als er die verbissenen Gesichter seiner Kollegen bemerkte. Er verkniff sich jedoch einen Kommentar und zog hinter seinem Mitarbeiter die Tür zu.

Er sah Ingrid an.

„Nun?!" Seine Stimme klang barsch.

Holtkamp zog seinen Notizblock heraus.

„Erich Steinbeck. Siebenundzwanzig. Lagerist in einem metallverarbeitenden Betrieb. Sein Chef sagt, er ist verlässlich. Seine Mutter starb, als er fünf Jahre war. Der Vater war früher Arbeiter in einem Steinbruch. Jetzt lebt er von Sozialrente. Hartz IV. Wenn man die Fuselflaschen in seiner Bude zählt, bleibt nicht mehr viel für die restlichen Lebensmittel."

„Wo wohnen die beiden?"

„In einer Sozialwohnung in Horstmar. Wir haben versucht, mit dem Vater zu reden, aber der ist völlig zugedröhnt. Wir haben ihn mitgenommen, liegt jetzt hinten in der Ausnüchterungszelle. Wahrscheinlich dauert es noch eine Stunde, bis wir …"

Bauer unterbrach ihn mit einer Handbewegung.

„Den brauchen wir im Moment nicht. Was ist mit diesen Geschichten, von denen ihr mir am Telefon erzählt habt?"

Ingrid hielt ihm mehrere Zettel hin.

„Das haben wir in seinem Zimmer gefunden", erklärte sie dazu. „Konfuses Zeug. Storys über einen monströsen Helden, der sich von allen und jedem verfolgt fühlt und nur durch Morde überleben kann. Handschriftlich von Erich aufs Papier gebracht."

Bauer reichte die Zettel an Krämer weiter, der im fahlen Licht einer Glühbirne versuchte, ein paar der Zeilen zu lesen.

„Eine Geschichte ist dabei", fuhr Ingrid fort, „in der es um einen Landwirt geht, der in seinem Bett erschossen wird, während gleichzeitig eine junge Frau in der Tenne des Hofes dran glauben muss."

Krämer sah auf und pfiff leise durch die Zähne.

Er grinste. „So ein Zufall."

„Weiter", befahl Bauer.

„Er hat einen IQ von achtzig", bemerkte Holtkamp. „Alleine dadurch fällt er als Mörder aus dem Rahmen."

„Es gibt keinen Rahmen für Mörder", bemerkte Krämer humorlos und widmete seine Aufmerksamkeit weiter den Seiten in seiner Hand. „Gott, welch eine Klaue! Das kann doch kein Schwein lesen!?"

„Versuchs ruhig. Du schaffst es bestimmt."

Krämer stutzte, bevor er Holtkamp einen bösen Blick zuwarf.

„Die Rechtschreibung ist miserabel", gestand Ingrid. „Und Grammatik kennt Erich scheinbar auch nicht. Wir haben erst einen Teil der Schrift entziffern können. Monika Engelhardt versucht, den Text am Computer ins Reine zu schreiben, damit wir was damit anfangen können."

„Schön."

Bauer trat näher an die Scheibe. Der junge Mann bewegte weiterhin seinen Oberkörper, hielt kurz inne, um auf den Spiegel zu starren, bevor er weitermachte.

„Hat er schon eine Aussage gemacht?"

„Nein, Chef", gestand Holtkamp. „Wir haben bisher nur seine Fingerabdrücke genommen und dann auf euch gewartet. Die Abdrücke sind per Mail nach Minnebusch gegangen. Er wollte sie sofort mit dem Abdruck aus Jeschkes Badezimmer vergleichen. Hat er zumindest zugesagt."

„Na, dann warten wir mal, ob der Junge unser Täter ist."

Hinter ihm lachte Krämer auf.

„Das müsst ihr lesen", sagte er und tippte mit einem Finger auf die Zettel. „Er hat die Sache bis ins Detail beschrieben. Wenn der Knabe nicht unser Mörder ist, dann weiß ich's nicht."

Holtkamp schmunzelte. „Ich dachte, das kann kein Schwein lesen?!"

„Es kann auch jemand aus seinem Bekanntenkreis gewesen sein", bemerkte Ingrid. Bauer blickte sie erstaunt an. „Erich hat die Geschichten weitergegeben", erklärte sie. „Erst seinen Arbeitskollegen; und die haben sich einen Spaß daraus gemacht, sie zu vervielfältigen. Wer weiß, wer sie noch alle gelesen hat. Das Schneeballprinzip."

„Ja, wir fanden ein paar der Texte sogar im Internet", ergänzte Holtkamp. „Einer seiner Arbeitskollegen hat sie reingesetzt. Erich ist nur ein armes Opfer, wenn ihr mich fragt."

Krämer horchte auf. „Hat denn einer gefragt?! Ich hab nichts gehört."

„Wäre ja auch zu schön gewesen, wenn wir einen schnellen Fahndungserfolg in dieser Sache hätten", sagte Bauer.

„Das war Zufall", gestand Holtkamp. „Er ist der dritte auf der Liste von dieser Bäuerin. Wir haben dann natürlich aufgehört, die anderen abzuklappern. Kann man später immer noch machen."

„Vorerst haben wir ihn. Wenn er's nicht war, kommen wir durch den Jungen vielleicht an den wahren Täter. Also, fangen wir das Verhör an."

„Was ist mit einem Anwalt?"

Bauer schüttelte den Kopf. „Nein, Ingrid. Ich werde ihn mit Samthandschuhen anfassen. Er braucht noch keinen Rechtsbeistand. Und wenn, finden wir bestimmt schnell einen Pflichtverteidiger, der ihn vor uns rettet."

Als Bauer sich zur Tür wandte, stellte Krämer sich ihm in den Weg.

„Wenn Sie nichts dagegen haben, würde ich gerne das Verhör führen“, sagte er. „Nehmen Sie’s als Einstieg in ihr Team.“

Bauer überlegte. Krämer besaß sicherlich Erfahrung in dieser Hinsicht. Schließlich nickte er.

„Okay. Aber Ingrid geht mit.“

Krämer grinste breit.

„Geht klar, Herr Bauer. Keine Sorge, ich werde ihn auch mit Samthandschuhen anfassen.“

Er warf die Zettel auf den schmalen Schreibtisch vor dem Spiegel und zwinkerte Ingrid zu.

„Dann los. Mal sehen, was er zu sagen hat.“

Als beide den Raum verlassen hatten, konnte sich Holtkamp einen Kommentar nicht verkneifen.

„Ich weiß nicht, ob das eine gute Idee war, Heinz. Eigentlich hätte ich gerne das Verhör geleitet. Immerhin haben Ingrid und ich ihn gefunden.“

Bauer winkte ab und trat dann mit verschränkten Armen vor den Spiegel. Ein Gefühl wie ein übler Nachgeschmack überkam ihn. Nachdenklich verharrte er einen Moment in Selbstvorwürfen.

Krämer betrat vor Ingrid den Raum. Erich hielt in seinen Bewegungen inne und starrte den Beamten ängstlich an. Als hinter ihm Ingrid auftauchte, entspannte sich die Miene des Jungen merklich. Da war sie wieder, die neue Freundin seines Helden.

Krämer schickte den uniformierten Kollegen aus dem

Zimmer. Dann setzte er sich rittlings auf einen Stuhl gegenüber von Erich und legte die Hände gefaltet vor sich auf den Tisch. Der Junge ließ kaum einen Blick von ihm.

„Hallo, Erich.“ Krämers Stimme war leise aber eindringlich. Erich beschloss, weiterhin auf der Hut zu sein. „Ich bin Tobias. Meine Freunde nennen mich Tobi. Willst du mich auch Tobi nennen?“

Erich nickte zurückhaltend. Krämer lächelte ihn an.

„Das finde ich gut. Möchtest du etwas zu trinken?“

Sein Gegenüber schüttelte den Kopf, und für einen Moment sah er zu Ingrid hinüber, die sich auf einen anderen Stuhl gesetzt hatte. Sein Held würde stolz auf ihn sein, wenn er das nächste Mal …

„Erich? Hallo, ich rede mit dir!“

Er schreckte zusammen. Sein Held verschwand aus seinem Kopf, und an seiner Statt saß da dieser Bulle im Maßanzug. Der Kerl wollte was von ihm, aber, was?!

„W… was?“

„Ich habe dich gefragt, wie du auf diese Storys kommst? Liest du viel?“

„N… nein.“

Krämer kratzte sich nachdenklich am Kopf. Sehr gesprächig war er nicht. Er musste anders an ihn herankommen. Er zog seine Zigarillopackung aus der Tasche und hielt sie Erich hin.

„Möchtest du eine? Rauchst du?“

Erich starrte auf die Packung. Fast unmerklich schien er zu zittern. Ingrid entging die innere Anspannung des Jungen nicht, nur Krämer schien sie nicht zu bemerken. Er zog sich einen Zigarillo aus der Packung.

„Kanntest du den Bauern Heinrich Jeschke?“, fragte er wie nebenbei und steckte sich den Zigarillo in Brand. Eine Aura aus Rauch umgab ihn. „Er ist tot, Erich. Du weißt, was das ist, nicht? Tot?“

Das Zittern wurde stärker. Wo war nur sein Held geblieben? War er auch tot?

„T... t... tot?“

„Ja, genau. Mausetot. Ende, hopps, finito. Wir fanden ihn gestern auf seinem Bauernhof. Und weißt du, was?“

Krämer beugte sich über den Tisch in Erichs Nähe und sah ihm tief in die Augen. Erich versuchte sich abzuwenden, aber der stiere Gesichtsausdruck des Bullen machte ihm Angst. Er sollte ihn besser im Blickfeld behalten.

„Da war noch ‘n Mädchen. Hinten in der Scheune. Die ist auch tot. Und jemand hat sie hübsch zurechtgemacht und dann einfach liegenlassen. Das macht man nicht, verstehst du?! War keine gute Idee von dem Mörder.“

Erich blickte ihn erschrocken an.

„M... Mord?!“

„Genau. Die beiden wurden umgebracht. Ausgeknippst wie eine Glühlampe.“

Der Zigarillorauch biss Erich in den Augen. Er fuhr sich mit den Fingern über die Lider, schloss sie und versuchte zu verstehen. Die Dunkelheit hinter den Lidern tat ihm gut.

„Wir haben deine Geschichten gefunden, Erich. Die Seiten, die du geschrieben hast. Eine Story ist echt gut. Da geht es um einen toten Landwirt und ein junges Mädchen in einer Tenne. Weißt du noch, wann du sie geschrieben hast?“

Erich verstand. Sie hatten ihn. Sein Held hatte ausgespielt. Jetzt hieß es, durch die Hölle zu gehen. Aber er ließ seine Augenlider zu. Mochte sie kommen, diese Hölle; er wollte nicht sehen, *wie* sie auf ihn zukam.

„Is sch… schon ä… älter."

Krämer wechselte einen Blick mit Ingrid und grinste amüsiert.

„Fein. Sie ist also schon älter. Und du hast sie an andere weitergegeben?"

Der Junge nickte.

„Weißt du noch, an wen?"

Er schüttelte den Kopf. Krämer rieb sich über seine Bartstoppeln. Er spürte, dass Bauer und dieser Holtkamp ihn beobachteten. Wenn er weiterhin so wenig Informationen aus dem Jungen herausbekam, würden sie ihn ablösen. Das durfte er nicht zulassen.

Er lehnte sich zurück in seinen Stuhl.

„Okay. Machen wir es jetzt mal anders. Ich sag dir, was ich denke, und du versuchst es mir auszureden, okay?"

Nach einigen Sekunden, in denen er keine Antwort bekam, fuhr er eindringlich fort: „Ich sage, *du* hast Jeschke umgebracht."

Die Lider des Jungen schossen nach oben. Er riss die Augen weit auf und starrte Krämer mit offenem Mund an.

„Und dann bist du in die Tenne gegangen und hast dieses Mädchen mit der Heugabel erstochen. Stimmt's? War ja ganz einfach, nicht wahr? Dein Held hat es dir ja in der Geschichte vorgemacht."

„Nein!!", schrie Erich und schüttelte wild den Kopf. Sein Oberkörper fing wieder an zu schaukeln. Aus dem leichten Zittern wurde ein angsterfülltes Vibrieren, das sich über seinen ganzen Körper ausbreitete.

Krämer blies ihm erneut Rauch ins Gesicht und beugte sich über den Tisch.

„*Du* hast die beiden ermordet! Hast sie einfach umgebracht, weil dein Held es auch so gemacht hat. Los, Junge, komm schon! Gib es zu, dann ist die Sache hier ganz schnell vorbei!"

Da hämmerte sich der Junge mit beiden Fäusten auf den Kopf. Sein Schaukeln wurde zu einem Schwanken; wie ein Floß in der überschäumenden Wut einer Brandung. Das *war* die Hölle! So fühlte sie sich also an! Jetzt kannte er sie, und sie gefiel ihm überhaupt nicht.

„Nein!!! War's nich!!!"

Krämer sah im Augenwinkel Ingrid aufstehen. Die Sache entglitt ihm und das war nicht gut. Er warf den Zigarillostummel auf den Boden und packte Erich am Kragen, zog ihn über den Tisch zu sich heran. Der Junge stank nach menschlichen Ausdünstungen, nach Mundgeruch und Schweiß, aber vor allem stank er nach … Angst.

„Sag schon! Sag es einfach! Du bist es gewesen!" schrie er ihn an.

Erich heulte auf, als Ingrid neben ihn trat und aus Krämers Griff befreite. Im gleichen Moment erschienen Bauer und Holtkamp in der Tür. Bauers Gesicht war blass geworden.

„Aufhören, sofort aufhören!", rief er aufgebracht und stellte sich neben Krämer. „Das Verhör ist beendet. Und mit dir", sein Finger traf dessen Brust, „hab ich noch ein Wörtchen zu reden. Und zwar jetzt gleich."

Er zeigte auf Erich, der sich weiterhin mit seinen Fäusten traktierte.

„Bringt ihn hier raus", riet er leise.

Holtkamp und Ingrid zogen den Jungen vorsichtig vom Stuhl. Ingrid redete beruhigend auf ihn ein, aber als sie ihn Richtung Tür brachten, mussten sie ihn mehr tragen als begleiten. Seine Beine versagten.

„Und jetzt zu dir, Kollege." In Bauers Stimme spürte man den unterdrückten Zorn. Er versuchte ihn zu bändigen, doch sein Gesicht sprach eine eigene Sprache. „So geht das nicht. Der Junge ist völlig zusammengebrochen. Ein paar Fragen mehr, und wir hätten den Notarzt rufen müssen. Ich hätte dir mehr Pietät und Zurückhaltung zugetraut."

Krämer versuchte, sich zu verteidigen. „In Duisburg ..."

„Mir ist es scheißegal, was ihr in Duisburg gemacht habt. Hier läuft das anders. Ich ..."

Die Tür wurde aufgestoßen, und Lenz erschien.

„Was ist denn hier los", rief er lautstark. „Man hört das Gebrüll ja durchs ganze Präsidium. Herr Bauer, ich verlange eine Erklärung."

Bauer wandte sich seinem Chef zu und riet sich selber, ruhig zu bleiben.

„Ihr Neffe hat gerade einen Zeugen in Grund und Boden verhört", sagte er. „Der junge Mann braucht jetzt einen Seelenklempner, damit er in nächster Zeit überhaupt wieder auf die Füße kommen kann."

Lenz funkelte Bauer mit bösen Augen an, dann sah er auf Krämer.

„Stimmt das, Tobias?"

Krämer winkte ab. „Ganz so schlimm ist die Sache nicht. Ich war drauf und dran, ein Geständnis in unserer Doppelmordsache von ihm zu bekommen."

„Aha. Nun, Herr Bauer, mein Neffe hat Erfahrungen auf

dem Gebiet. Er ist prädestiniert für prekäre Situationen dieser Art, und ich halte sehr viel von seinem Einfühlungsvermögen."

„Wie bitte?"

„Sie schreiben mir einen Bericht über die Sache."

Bauers Erstaunen wich in Unmut. „Worauf Sie sich verlassen können!"

„Tobias hat viel mehr Erfahrung als jeder aus ihrem Team, und wenn Sie meinen, Sie sind mit der Sache überfordert, dann …"

„Herr Doktor Lenz", unterbrach ihn der Hauptkommissar zornbebend. „Wenn Ihr Jungchen solche Erfahrung hat, dann soll *er* doch den Fall übernehmen. Aber nicht auf Kosten meines Teams. Dafür werde ich sorgen."

Mit diesen letzten Worten verließ er das Zimmer.

X

„Das hätte nicht passieren dürfen“, war sein erster Gedanke, als er sich in sein Büro zurückgezogen hatte. Er brauchte einen Moment Zeit, um seine innere Ruhe zurückzuerlangen; musste über das, was sich im Verhörzimmer abgespielt hatte, nachdenken. Das üble Gefühl, das ihn beschlich, als er Krämer die Leitung des Verhörs überließ, hatte sich bewahrheitet. Mehr noch. Das Resultat schien verheerend. Erich Steinbeck war dem Nervenzusammenbruch nahe, als Zeuge für ungewisse Zeit unbrauchbar, und Krämer hatte sich als unberechenbarer Macho derart daneben benommen, daß Bauer ihn am liebsten sofort in ein Taxi verfrachtet und sonstwohin geschickt hätte.

Welche Laus hatte Lenz ihm mit diesem Neffen auf den Pelz gehetzt! Verfahren wegen sexueller Nötigung, unberechenbarer Charakter, Macho-Gehabe, und, das kam noch erschreckend hinzu, derart neben dem Team stehend, dass es nur eine Frage der Zeit war, bis die unterschwellige Abneigung zwischen Holtkamp und ihm zu einer handgreiflichen Auseinandersetzung führen würde. Cliquenwirtschaft, kam es Bauer in den Sinn. Lenz hatte seinen Neffen in die letzte Bastion vor der drohenden Suspendierung geschickt. Doch Bauer hatte nicht vor, dieses Elba-Spiel mitzuspielen. Arents Gesuch um vorzeitige Pensionierung hin oder her – Krämer war kein Ersatz für ihn. Bauer überkam das dumpfe Gefühl, dass in Duisburg und Münster nicht die Abteilungsleiter diejenigen waren, die Krämers Karriere im Weg gestanden hatten, sondern er sich selber. Er musste das bei Gelegenheit überprüfen. Für den Moment war ihm nur eines bewusst: In *seinem* Team war für den jungen Beamten auch kein Platz. Selbst wenn Lenz anderer Meinung sein würde. Zur Not würde Bauer Instanzen überspringen.

Er setzte sich in seinen Bürosessel und schüttelte unwirsch den Kopf. Es war sein Fehler gewesen, natürlich. *Er* hätte das Verhör leiten müssen, dann wären sie jetzt an einem anderen Punkt in ihrem Fall und Erich wieder zu Hause. Jetzt war es zu spät für Vorwürfe.

Bauer spürte den Gegenstand in seiner Hosentasche schon länger, aber jetzt erst reagierte er auf den unbestimmten Reiz. Er zog die kleine Schachfigur heraus und betrachtete sie nachdenklich. Sein Freund fehlte ihm. Seine Ratschläge und seine Erfahrung waren ihm immer wichtig gewesen und niemand würde ihn ersetzen können. Gerade aufgrund dieser Freundschaft und Verbundenheit verstand Bauer immer noch nicht, warum Arents nicht zu ihm gekommen war, um mit ihm über dieses Gesuch zu reden.

Er ließ die Figur durch seine Hände gleiten. Bauernopfer, hatte Arents gesagt. Bauer war dem Begriff seit seinem Urlaub schon zweimal begegnet. Zweimal? Er dachte an Erich Steinbeck. Wenn jemand seine Geschichte in eine reale Tat umgesetzt hatte, und einiges sprach dafür, war der Junge das dritte Bauernopfer. Wie viele von ihnen konnte es in einem Schachspiel geben?, überlegte er. Acht. Und, nach den Andeutungen von Lenz, Krämer den Fall zu übergeben, würde er, Bauer, der nächste sein, der geopfert wurde?

Bauer lachte, als ihm das Teekesselchenspiel einfiel. Er musste darauf achten, dass daraus nicht Wirklichkeit wurde.

Er schloss die Augen. In Gedanken sah er sich urplötzlich einer schwarzen Dame gegenüberstehen. Mitten auf einem überdimensionalen Schachspiel; hatte er das nicht schon einmal gesehen? Harry Potter ließ grüßen.

Sie hob ihr Schwert, ihr verzerrtes Gesicht deutete ein diebisches Lächeln an, und dann, als er gerade …

„Heinz?“ Holtkamp steckte seinen Kopf durch die Tür. „Hast du einen Moment Zeit für mich?“

Bauer schreckte aus seinen Tagträumereien auf.

„Gut, dass du kommst, Alex.“

Sein Mitarbeiter trat ins Büro und schloss die Tür hinter sich.

„Ich hab das Gefühl, den Überblick verloren zu haben“, gestand sein Chef müde. „Wie geht's Erich?“

Holtkamp wedelte mit einer Hand.

„So lala. Ingrid ist bei ihm. Sie versucht, ihn zu beruhigen. Ich schätze, sie ist die einzige von uns, die das schaffen kann. Der hat 'nen Schock fürs Leben.“

Er setzte sich auf einen Stuhl und fügte grimmig hinzu: „Ich hab eine Mordswut auf Tobias! Der hat sie doch nicht mehr alle, den armen Jungen so dranzunehmen, oder?!“

Bauer stand auf, trat an die Kaffeemaschine und goss zwei Tassen voll. Eine davon schob er Holtkamp zwischen die Hände, bevor er sich zurück in seinen Sessel setzte.

„Deine Wut in allen Ehren“, bemerkte er gelassen, „aber sie bringt uns nicht weiter. Im Gegenteil. Lenz hat mir mitgeteilt, dass, falls wir Krämer fallenlassen, er den Fall an ihn übergeben will.“

„Das ist doch nicht sein Ernst?“ Holtkamp starrte seinen Vorgesetzten entsetzt an. Dann stutzte er. „Kann er das machen?“

Sein Chef zuckte die Schultern.

„Versuchen kann er es“, gestand er leise.

„Aber weit kommt er damit nicht!“

„Vermutlich nicht, Alex.“

„Dieser Krämer bringt alles durcheinander!“ Der junge Beamte stellte wütend seine Tasse auf den Tisch. „Erst Ingrid, und dann …“

Bauer horchte auf. „Was ist mit Ingrid?“

Holtkamp winkte ab. „Ach, nichts vermutlich. Es ist nur ein Gefühl. Sie hat auch gesagt, da war nichts. Können wir unseren Kollegen nicht einfach postwendend zurückschicken?“

„So einfach geht das leider nicht.“ Der Hauptkommissar hob vielsagend eine Hand. Sein Kollege lächelte.

„Verstehe. Er hat einflussreiche Freunde weiter oben, nicht wahr?! Na, die möchte ich auch mal haben.“

„Du hast doch viele Freunde in der Stadt.“

Holtkamp lachte auf. „Kann sein. Aber die haben nirgendwo Einfluss drauf.“

„Dann würde ich sie mal wechseln.“

„Mach ich beizeiten. Aber was schlägst du in Bezug auf Krämer vor?“

„Ein wachsames Auge.“

„Aha.“ Holtkamp hob eine Augenbraue. „Eine Art Kindermädchen, was.“

„Genau. Und du bist der Richtige für den Posten.“

Holtkamp hob abwehrend die Hände.

„Vergiss es!“ polterte er los. „Ich habe keine Lust, mit diesem Pitbull durch die Gegend zu fahren und zurückhalten zu müssen, nur weil irgendein Zeuge seinen Dialog vergessen hat. Oh, nein, kommt gar nicht in die Tüte."

„Willst du etwa Ingrid mit ihm losschicken? Ich erteile dir hiermit offiziell den Auftrag, Krämer nicht von der Leine zu lassen und eventuelle weitere Eskapaden wie eben zu unterbinden." Bauer hob einen Finger. „Und das ist eine Dienstanweisung."

Sein junger Assistent versuchte einen letzten verzweifelten Abwehrversuch.

„Und wenn er sich nicht unterbinden lässt?"

„Dann werde ich höchstpersönlich ein Verfahren gegen ihn einleiten, um ihn wieder loszuwerden. So, und nun schnapp dir den Heißsporn und klappere die Typen ab, die mit Erich in näherem Kontakt stehen. Wir dürfen über unseren internen Zwist nicht den Fall aus den Augen verlieren."

Holtkamp fluchte leise, stand aber auf. Wortlos verließ er Bauers Büro. Das hatte ihm gerade noch gefehlt! Kindermädchen für einen aufbrausenden Kollegen zu spielen!

Auf dem Flur traf er Ingrid. Sie sah gleich, dass etwas nicht in Ordnung war.

„Alex, alles klar?" fragte sie vorsichtig.

„Gar nichts ist klar!", fauchte ihr Kollege zurück. „Wo ist denn unser Elefant aus dem Porzellanladen?"

„Du meinst Tobias?" Ingrid lächelte gütig. „Vermisst du ihn?"

„Quatsch. Ich soll auf ihn aufpassen, sagt der Boss."

Seinen Worten ließ er einen Gruß mit dem Mittelfinger in Richtung Bauers Büro folgen. „Also, hast du Tobi irgendwo gesehen?"

„Vorhin ist er auf die Toilette gegangen."

„Na, super. Dann will ich mal dafür sorgen, dass er seinen Ar…, seinen Hintern von der Kloschüssel bekommt. Wir haben einen Auftrag."

Er steckte die Hände in seine Hosentaschen und stapfte missmutig Richtung Männertoilette. Ingrid blickte ihm amüsiert hinterher, bevor sie in Bauers Büro trat.

„Ist was?" fragte ihr Chef, nachdem sie die Tür hinter sich geschlossen hatte. Er hatte ihr verschmitztes Lächeln bemerkt.

„Eigentlich nicht", gestand sie lapidar. „Alex erinnerte mich nur gerade an ein gereiztes Tapir. Bist du dafür verantwortlich?"

„Mehr oder weniger. Ich hab ihm einen Sonderauftrag erteilt, der nicht unbedingt auf Gegenliebe stieß. Wie dem auch sei; Frau Engelhardt hat mir gerade mitgeteilt, dass Vera Borgs Boss im Präsidium eingetroffen ist. Du weißt schon, dieser Chefredakteur. Sven Persbrandt heißt er mit Namen."

Ingrid pfiff beifällig durch die Zähne. „Wow, das nenne ich prompte Bedienung. So einen Chef hätte ich auch gerne."

Bauer sah sie erneut verschmitzt lächeln, als der Redakteur der *natural science* eintrat. Der Hauptkommissar sprang auf und ging ihm entgegen.

„Herr Persbrandt, ich bin Hauptkommissar Heinz Bauer, das dort ist meine Kollegin Ingrid Mertens."

Persbrandt begrüßte beide mit einem festen Handschlag, ehe er sich auf einen Stuhl setzte, den Bauer ihm hinschob. Am meisten fiel bei seiner stattlichen Statur der perfekt sitzende Maßanzug ins Auge, unter dem ein weißes Hemd einen kräftigen Kontrast zur makellosen Bräune seiner Haut aufwies. Neben einer Rolex sprachen weitere goldene Kettchen und Ringe für einen Geschmack, dem Bauer so noch nicht allzu oft gegenüber gesessen hatte. Für einen Moment wusste er nicht, wie er seine Befragung beginnen sollte und wechselte einen Blick mit seiner Assistentin. Ingrid verstand den Wink, als er ihr ohne Worte das Gespräch überließ.

„Wir hätten Sie nicht so schnell erwartet“, begann sie und schenkte Persbrandt ein Lächeln. „Sind Sie mit dem Auto gekommen?“

Persbrandt schüttelte den Kopf. Als er antwortete, hörte man seinen ausländischen Akzent. „No, Tegel – FMO. Eine gute Stunde. No problem. Den Rest hat ein Taxi übernommen. Wie weit sind Sie mit ihrer investigation? Wie sagt man: Ermittlung? Erforschung?“

„Ermittlung.“ Bauer klinkte sich ein. „Wir hoffen, dass Sie diese ein gutes Stück voranbringen können, Herr Persbrandt. Aber darf ich Ihnen, bevor wir Fragen stellen, einen Kaffee anbieten?“

Persbrandt nickte wohlwollend. „Und ob Sie das dürfen, Herr Bauer.“

Die drei Mechanikergesellen waren noch vor Ort, schienen aber gerade einer wohlverdienten Pause nachzugehen, als die beiden Beamten in die kleine Kantine der Schlosserei traten. Noch immer kochte Holtkamp vor Wut und hatte nicht im Sinn, diesen jungen Wilden auch nur eine dumme Bemerkung durchgehen zu lassen, falls er bei seiner Befragung auf eine solche stieß. Die Fahrt über hatte sich Krämer zurückgehalten. Auch jetzt hielt er sich im Hintergrund und postierte sich nur neben der Kantinentür, während Holtkamp zu den drei Arbeitern trat, die um einen schmutzigen Holztisch saßen, der von eingeritzen Lebensweisheiten strotzte.

„Okay, Jungs", begann er gnädig, „wir haben Erich eingesackt. Aber wisst ihr was?"

Die drei jungen Burschen, die schon beim Eintritt der Beamten ihr Gespräch eingestellt hatten, versuchten seinen Blicken auszuweichen.

Holtkamp fuhr fort: „Meine Kollegen und ich sind der Meinung, dass er mit den Morden nichts zu tun hat. Jemand will ihm die Sache an die Schuhe heften. Ich finde, das ist eine Riesensauerei. Und soll ich euch noch was sagen?"

Erneut reagierte keiner der drei auf seine Frage.

„Wenn ich denjenigen erwische, reiß ich ihm eigenhändig den ..., na, ihr wisst schon auf. Ich kann Leute nicht ausstehen, die mit Behinderten Scherze treiben."

„Wir haben keinen Scherz ...", polterte einer los, bevor ihn die bösen Blicke der anderen wieder verstummen ließ.

Holtkamp trat an seine Seite. „Was wolltest du sagen?"

„Marek wollte gar nichts sagen, nicht, Marek?!", mischte sich einer der anderen beiden ein. Marek nickte heftig, während Holtkamp drohend einen Finger gegen den Verteidiger hob.

„Zu dir komm ich gleich noch", bemerkte er dabei.

„Wir haben nichts verbrochen", versuchte der dritte festzustellen. „Der hat uns die Geschichten freiwillig gegeben. Da können Sie jeden nach fragen."

„Genau", fügte Marek hinzu. „War alles freiwillig. Der hat sich doch gefreut, dass wir seinen Scheiß gelesen haben. Da hätte man auch was anderes mit machen können."

„Zum Beispiel ins Internet setzen?", fragte Krämer aus

dem Hintergrund.

Marek grinste. „Das war Martins Einfall."

Martin, der eigentliche Sprecher der Gruppe, winkte ab, als Holtkamp ihn ansah.

„Es war nur eine Seite", gestand er leise. „Ehrlich."

„Eine Seite oder mehr." Holtkamp verzog das Gesicht. „Vor Arbeitskollegen, wie ihr es seid, sollte man jedenfalls einen Riesenbogen machen."

„Mann, wir wollten es nicht", verteidigte sich Martin vorsichtig. „Irgendwann kam Erich zu uns und hat uns seine Geschichten aufgedrängt. Der hat so eine scheußliche Handschrift, die kann eh keiner von uns richtig lesen. Ich hab mich dann hingesetzt und einen Teil vom konfusen Zeug sauber abgeschrieben. Da hatte er mal richtig was in der Hand."

„Wie sozial von dir", bemerkte Holtkamp mit unterdrücktem Zorn. „Wer außer euch hat Erichs Geschichten noch gelesen?"

Martin zuckte die Schultern und sah seine Kollegen hilfesuchend an.

„Keine Ahnung, ehrlich. Von uns hat sie keiner weitergegeben. Okay, ich hab eine oder zwei Seiten ins Internet gesetzt. Aber nicht die von dieser wirren Story mit dem toten Bauern. Das war 'ne andere."

Krämer mischte sich erneut aus dem Hintergrund ins Gespräch: „Wart ihr nach dem Schützenfest am letzten Wochenende bei Jeschke auf dem Hof?"

Marek horchte auf. „Wieso wollen Sie das wissen?"

„Mein Kollege hat dich was gefragt", zischte Holtkamp. „Also, wart ihr da?"

„Ja, waren wir."

„Was wolltet ihr dort?"

„Diese junge Frau …, diese Journalistin hatte uns eingeladen, nach dem Fest bei Jeschke zu frühstücken. Obwohl es am Anfang nicht ihre Idee war."

„Wer war außer euch und Erich noch mit dabei?"

„'n paar Freunde."

„Ja, wir waren zu fünft", ergänzte Marek Martins Antwort.

„Wer waren die anderen beiden und wo finden wir die?"

„Die beiden sind auf ihren Höfen. Sind beides Landwirte."

Holtkamp zog seinen Notizblock und einen Stift aus seiner Jacke. „Namen, Adressen."

Er erhielt die Namen und verglich sie mit der Liste, die Ingrid von Jeschkes Nachbarin bekommen hatte. Es waren die richtigen. Zumindest in diesem Punkt versuchten die Knaben ihn nicht anzulügen. Als er im Begriff war, die Befragung abzubrechen, fiel ihm noch etwas ein.

„Okay, eine Frage hätte ich noch. Wieso hat Frau Borg euch überhaupt zum Frühstück eingeladen?"

Martin hob die Augenbrauen und wechselte einen Blick mit Marek. Der nickte bestätigend.

„Na gut", antwortete Martin mit einem Seufzer. „Es war Jens Idee."

„Jens?" Holtkamp sah auf seinen Notizblock. „Jens Lehmann?"

„Ja, genau der", bestätigte Marek. „Der ist völlig verknallt in die Frau. An dem Abend nach dem Schützenfest hat er sich an sie rangemacht. Sie wissen schon, 'n bißchen gefummelt und so. Ja, und dann kam er auf die Idee mit dem Frühstück bei Jeschkes. Ich meine, jeder andere hätte die Nacht und mit *der Frau* ohne seine besten Kumpels verbringen wollen, oder, Jungs?"

Marek grinste feist seine Kollegen an. Die schwiegen.

Holtkamp sah ihn verwirrt an. „Dass wir uns da richtig verstehen: Du redest von Vera Borg, oder? Dieser Jens hatte was mit der Reporterin?"

Marek schüttelte den Kopf und zog sich eine Zigarette aus einer schmuddeligen Packung. Als er sie sich anzündete, antwortete er: „Näh, die Borg meine ich nicht. Die war zwar auch da an dem Abend auf dem Schützenfest …"

„Ja", fiel Martin ihm ins Wort, „aber die hatte es mehr mit anderen Typen. War nur Zufall, dass wir auf Jeschkes Hof kamen, um gerade dort ein Frühstück einzunehmen. Vera und die andere Frau schienen sich gut zu kennen. Und Jeschkes Hof ist nun mal der nächste zur Festwiese."

„Und wer hat euch *dann* eingeladen, wenn nicht Vera Borg?" fragte Holtkamp ungeduldig.

Marek tat einen tiefen Zug und antwortete: „Die Tochter vom alten Eschenbach. Susi heißt sie. Brauchen Sie die Adresse von ihr auch?"

Holtkamp hielt einen Moment irritiert inne. Das war eine mehr als interessante Neuigkeit, die er erst einmal verdauen musste. Schließlich schüttelte er vorsichtig den Kopf.

„Nein, die brauchen wir nicht", gestand er zurückhaltend. „Aber wir brauchen was anderes von euch. Ihr meldet euch noch heute im Präsidium. Ich will eure Fingerabdrücke und ein lückenloses Alibi von der Mordnacht. Damit das klar ist: Wenn ich heute sage, meine ich heute."

Die letzten Worte quittierten die drei mit einem gequälten Seufzer, aber nur Marek versuchte einen Einspruch.

„Muss das sein?“

„Allerdings.“

Holtkamp wandte sich zum Ausgang. Wenig später stand er draußen und schloss den Wagen auf. Krämer trat an die Beifahrertür. Er sah zu seinem Kollegen hinüber.

„Susi Eschenbach. Wer hätte das gedacht?“

Holtkamp stieg ohne eine Antwort ein.

„Übrigens“, bemerkte Krämer, als er ebenfalls Platz genommen hatte, „war ‘ne gute Idee von dir, die drei zum Fingerabdruckvergleich ins Präsidium zu zitieren. Respekt.“

Holtkamp startete den Motor und bemerkte bissig: „Behalt deine Meinung für dich und halt einfach die Klappe.“

Krämer hob abwehrend beide Hände. „Sorry, soll nicht wieder vorkommen.“

„Schön wär’s“, nuschelte Holtkamp und fuhr los.

„Und dieser Artikel über den Landwirt“, sprach Bauer und sah zum x-ten Mal auf die Uhr, „hatte Frau Borg Ihnen da schon Informationen geliefert? Einen Vorbericht oder dergleichen?“

Persbrandt schüttelte betrübt den Kopf.

„No, nothing. Sie hat einen Tag vor ihrem Tod mit mir telefoniert, das sagte ich Ihnen ja bereits. Und der letzte Stand, den ich kenne, war der, dass sie ihren Bericht ausweiten wollte. Some news, irgend etwas über Windgeneratoren im Münsterland.“

Bauer nickte und sah erneut auf die Uhr. Sie saßen jetzt eine Stunde mit dem Chefredakteur der natural science zusammen, hatten aber kaum verwertbare Informationen von ihm erhalten. Ihm gingen verschiedene Gedanken durch den Kopf; der ermordete Landwirt Jeschke, die Journalistin und Windkraftanlagen. Doch hinter all diesen Gedanken war ein anderer, der ihn immer wieder auf die Uhr sehen ließ. Er hatte etwas vergessen, etwas Wichtiges, ein Termin, den es einzuhalten galt. Nur, welcher das war, wollte ihm nicht mehr einfallen.

„Erwähnte Frau Borg Ihnen gegenüber den Namen Eschenbach?“, fragte Ingrid und goss Persbrandt Kaffee in seine Tasse. „Herbert Eschenbach aus Horstmar?“

Persbrandt überlegte einen Moment, verneinte aber dann. „Nie gehört den Namen. Wer soll das sein?“

„Er handelt mit Teilen von Windkraftanlagen. Sie kennen ihn nicht?“

Der Chefredakteur hob entschuldigend die Schultern. „No, sorry.“

„Was war Vera Borg für ein Mensch?“

„Freundlich, neugierig, a journalist on demand, if you know, what I mean.“

„Nicht direkt.“

„Sie lieferte, wir bezahlten und druckten. Ihre Artikel waren brillant, meisterlich. Aber sie war eine freie Mitarbeiterin, nicht fest angestellt. Leider.“

„Wieso leider?“

Persbrandt räusperte sich. „Sie war mehr als eine Kollegin für mich. Ich hätte sie gerne intensiver an den Verlag gebunden, aber sie wollte nicht.“

„Was ist mit ihrer Familie?“, mischte sich Bauer ein. „Hatte sie einen Freund?“

„Ich glaube nicht. Zumindest hat sie es nicht erwähnt. But I must say, ich habe in den letzten zwei Monaten kaum mit ihr über private Dinge gesprochen."

Bauers Telefon riss ihn aus dem Gespräch. Er trat an seinen Schreibtisch und horchte nur mit einem Ohr den weiteren Worten von Ingrid und Persbrandt.

„Bauer hier."

„Und hier ist Annika. Hey, Paps."

Seine jüngere Tochter. Mit einem Mal fiel Bauer ein, welcher Gedanke ihn beschäftigt hatte. Seine Frau mitsamt seiner Tochter und Enkelin warteten am Bahnhof in Münster! Er hatte völlig vergessen, dass er sie abholen wollte.

„Annika", er sah auf die Uhr. In diesen Minuten musste der Zug aus Köln ankommen. „Mir fällt siedendheiß ein, dass ich Mama und Christiane …"

Annika unterbrach ihn kichernd.

„Typisch mein Vater. Wenn ich nicht selber an alles denken würde."

Bauer stutzte. Im Hintergrund ihrer Stimme waren Fahrgeräusche zu hören.

„Was meinst du? Wo bist du überhaupt?"

Erneut hörte er Annika lachen.

„Mach dir keine Sorgen um Mama", meinte sie lapidar. „Ich hab mir schon gedacht, dass du sie vergisst. Ich hab eher frei bekommen, bei uns sind ein paar Stunden ausgefallen. Und jetzt sitz ich im Wagen von Stefan und bin auf dem Weg nach Münster."

„Wer ist Stefan?"

„Ein Kommilitone."

Bauer schmunzelte. „Kenne ich ihn?"

„Noch nicht, Paps. Aber er lässt dich trotzdem grüßen. Also, wir sind gleich an der Auffahrt zur B 54. In zwanzig Minuten sind wir am Bahnhof in Münster. Wenn sich Mama meldet, sag ihr, sie soll sich ein paar Minuten gedulden und vorm Haupteingang warten."

„Okay, sag ich ihr. Und ..., danke fürs Abholen."

„Geht klar, Paps. Ciao."

Die Leitung wurde unterbrochen.

Seine kleine Annika. Gerade mal achtzehn, und schon schien es ihm, als hätte sie ihre Kindheit erst vor kurzem abgelegt. Seit einigen Wochen studierte sie Physik an der Fachhochschule in Steinfurt und Münster. Noch wohnte sie Zuhause, aber auch das schien nur eine Frage der Zeit zu sein.

Stefan. Annika hatte seinen Namen bisher nicht erwähnt. Aber das gehörte wohl dazu, wenn die Kinder flügge wurden, gestand sich Bauer ein.

„Heinz?"

Der Angesprochene zuckte zusammen und sah hinüber zu Ingrid. Ihm war etwas wohler, jetzt, da er wusste, dass der Rest seiner Familie auch ohne ihn zurechtkam.

„Ja, Herr Persbrandt", sprach er locker. „Mir sind da noch ein paar Dinge unklar."

XI

Von Lehmanns Vater hatten sie erfahren, dass sich sein Sohn Jens auf einem Acker in der Nähe von Leer befand. Während der kurzen Fahrt hatte Holtkamp kein Wort mit Krämer gewechselt. Wozu auch? Der Typ war ihm ein Klotz am Bein. Viel lieber hätte er Ingrid oder Jürgen Arents neben sich gehabt. Krämer duldete er nur, weil sein Chef es so wollte.

Der Acker kam in Sicht und damit auch der Traktor, auf dem sich Jens Lehmann befinden musste. Aus einem Anhänger quoll Flüssigkeit, die einen weithin quälenden Gestank verbreitete.

„Da ist er", bemerkte Krämer.

„Was du nicht sagst", entgegnete Holtkamp bissig und fuhr langsamer. Als er den Wagen am Rand des Feldes abstellte und aussteigen wollte, legte ihm sein Kollege eine Hand auf den Arm.

„Hör mal, Alex." Krämer legte einen freundlichen, fast flehentlichen Ton in seine Stimme. „Ich habe Mist gebaut, okay, ich geb's zu. Und ich entschuldige mich nachher bei Erich dafür. Aber meinst du nicht, wir könnten jetzt einen Schlussstrich darunter ziehen? Lass uns neu anfangen und so tun, als sei nichts vorgefallen. Wir starten bei null, okay?"

Holtkamp starrte sekundenlang auf die Hand seines Kollegen, die er ihm entgegenstreckte. Schließlich nickte er.

„Okay", entgegnete er vorsichtig. „Du hast echt Scheiße gebaut bei der Vernehmung. Aber damit musst *du* zurecht kommen. Falls die Sache ein Nachspiel haben sollte, bin ich nicht bereit, den Kopf für dich hinzuhalten. Damit das klar ist."

Krämer lächelte. „Ich schreib dich mit auf die Liste."

Holtkamp sah ihn verwirrt an. „Wie meinst du das?"

„Erkläre ich dir ein anderes Mal. Nehmen wir uns zunächst diesen Landwirt vor. Bin gespannt, was er zu sagen hat, wenn wir ihn auf die Eschenbach ansprechen."

Die beiden Kriminalbeamten stiegen aus und schritten Richtung Acker. Doch die lehmige Erde reizte sie nicht, das Feld zu betreten. Krämer witzelte über den klebrigen Boden in diesem Fall, während Holtkamp versuchte, Lehmann, der auf der anderen Seite des Ackers fuhr, auf sich aufmerksam zu machen. Tatsächlich gelang es ihm. Langsam kam der Trecker näher, bis er schließlich kurz vor den beiden zum Stehen kam.

Lehmann stieg aus, ließ aber den Dieselmotor weiterlaufen. Sein unrasiertes Gesicht spiegelte Missmut wider, und mit den Händen in den Taschen seiner schmutzigen Cordhose blieb er lieber auf dem Feld stehen, statt auf die beiden Männer zuzugehen.

„Guten Tag", begann Holtkamp die Unterhaltung.

Lehmanns Antwort bestand aus einem knappen Kopfnicken. Sein Blick musterte die beiden Beamten. Krämer verzog das Gesicht.

„Boh, wie das stinkt", bemerkte er.

Holtkamp unterbrach ihn. „Sind Sie Jens Lehmann?"

Erneut ein Kopfnicken.

„Wir sind von der Kripo Steinfurt. Wir haben ein paar Fragen an Sie, die den Tod von Heinrich Jeschke und Vera Borg betreffen. Sie haben es bestimmt in der Zeitung gelesen."

Lehmann hustete und spuckte auf den Boden.

„Kann sein."

„Ist ja ein richtiges Plappermaul", flüsterte Krämer unwirsch. Holtkamp winkte ab.

„Wir haben Zeugen, die behaupten, dass sie am Todestag der beiden auf dem Hof waren", sprach Holtkamp weiter. „Stimmt das?"

Lehmann zuckte die Schultern. „Möglich."

Jetzt wurde es Krämer zuviel. Energisch rief er: „Stimmt es oder nicht? Sie müssen doch wissen, ob Sie da waren!"

Der Landwirt kratzte sich die Nase und zog sich Zigarettentabak aus der Jacke. Während er sich eine Zigarette drehte, gab er zurück: „Wenn die andern das sagen, ist es wohl so."

„So kommen wir nicht weiter, Jens", sprach Krämer gereizt. „Los, Alex, packen wir ihn ein und nehmen ihn mit aufs Revier."

„So einfach geht das nicht", gestand sein Kollege und fuhr in Richtung des Landwirtes fort: „Wo waren Sie nach dem Frühstück auf Jeschkes Hof?"

„Zuhause."

„Haben Sie dafür einen Zeugen?"

„Näh."

„Ihr Alibi stinkt genauso wie das Zeug, das Sie hier versprühen", rief Krämer ungehalten.

„Das ist erstklassige Jauche", entgegnete Lehmann grinsend und entzündete seine Zigarette. „Wenn Sie wollen, fülle ich Ihnen einen Becher ab. Hält Mücken und Frauen fern."

„Na, das erklärt ihr Privatleben."

Lehmann verzog das Gesicht. „Lernt man diese Art,

Witze zu machen auf der Polizeischule oder hatten Sie den Hang dazu schon immer?"

„Werd' nicht frech!" polterte Krämer beleidigt. „Ich kann auch anders!"

„Bin beeindruckt", gluckste Lehmann und nahm einen tiefen Zug. „Hört mal, Leute, wenn ihr mich nicht mehr gebrauchen solltet, ich muss weiter Gülle verteilen."

Er drehte sich in Richtung seines Traktors und ließ die beiden stehen. Krämer schüttelte den Kopf.

„Konnten es wohl nicht verknusen, dass die Eschenbach Sie abblitzen ließ, was?", rief er ihm nach. Lehmann schien seine Worte zu überhören und kletterte in seinen Trecker. Er ließ den Motor aufheulen und legte den Rückwärtsgang ein.

„Das darf doch wohl nicht wahr sein!", erboste sich Krämer.

Holtkamp nickte. „Stimmt. Der Typ ist entweder einfach gestrickt, oder er hat nicht kapiert, was wir wollen."

„Vielleicht hat er's zu sehr kapiert. Und sein Egotrieb rät ihm, uns so zu behandeln, um sich zu schützen."

Sein Kollege grinste ihn an. „Hör ich da den Fachmann für Egotriebe?"

„Quatsch!" Krämer wischte mit der Hand durch die Luft. Dann zog er sich einen Zigarillo aus einer Packung und zündete ihn an. „Was machen wir jetzt? Ihn einsacken?"

„Tja, wieso nicht? Wir könnten ihn in die Mangel nehmen, Fingerabdrücke machen, das ganze Repertoire."

Krämer sah seinen Kollegen von der Seite an. „Und warum machen wir das dann nicht?"

„Weil ich erst Rücksprache mit unserem Chef halten will.

Nur die Ruhe, Lehmann läuft uns nicht weg."

„Stimmt. Sein Namensvetter spielt ja auch noch in der Nationalmannschaft, obwohl er sich nach England abgesetzt hat. Den wird Klinsmann auch nicht los."

„Es gibt schlechtere Torwarte als ihn."

Holtkamp wandte sich nach seinen Worten Richtung Auto und stieg ein. Krämer riss missmutig die Beifahrertür auf, blieb aber draußen stehen.

„Willst du ihn wirklich damit durchkommen lassen?" schimpfte er und deutete mit dem Kopf auf Lehmann, der seinen Trecker in einer weiten Kurve zu drehen begann.

„Hast du einen anderen Vorschlag?" Holtkamp zuckte die Schultern. „Jetzt komm schon. Geben wir Heinz Bescheid, vielleicht ist er auch der Meinung, dass wir Lehmann vorladen sollten. Nach dem Vorfall mit Erich möchte ich aber lieber Rückendeckung von ihm. Los, steig ein."

Krämer warf einen letzten Blick auf den Traktor und seinen Anhänger, dessen Gülleventil direkt auf ihn gerichtet war. Er erkannte Lehmanns Gesicht im Außenspiegel, wie er ihn grinsend ansah.

„Das wagt er nicht", sprach Krämer tonlos.

Im selben Moment öffnete Lehmann das Ventil des Anhängers, und wie ein Duschstrahl ergoss sich die Jauche daraus. Krämer stand keine fünf Meter entfernt. Zwar weit genug, um nicht eine volle Ladung, aber noch zu nah, um nicht einen Segen abzubekommen. Laut fluchend verwünschte er den Bauern, der, immer noch grinsend, seinen Trecker im tiefen Boden des Ackers in Bewegung setzte.

„Kretin!", war noch eines der freundlicheren Worte, die er ihm Faust schwingend nachsandte. Die anderen klangen in Holtkamps Ohren nach typischem Ruhrpott-Slang. Er versuchte sich ein paar einzuprägen, bevor er seinen erregten Kollegen drängte, endlich einzusteigen.

„Der hat sie doch nicht alle!“, polterte Krämer weiter, während Holtkamp den Wagen über den schmalen Teerweg lenkte. Dabei verzog er die Nase und warf einen Blick auf die von Jauchéflecken übersäte Jacke.

„Jedenfalls brauchst du heute keine Frau mehr anzubaggern, Partner“, bemerkte er glucksend. „Du stinkst wie ein toter Fisch.“

Krämer lag eine böse Bemerkung auf der Zunge, hielt sich aber bedeckt und schüttelte nur ärgerlich den Kopf.

Krämer hatte sich umgezogen und gewaschen. Trotzdem umhüllte ihn der unnachahmliche Duft von frisch gezapfter Jauche, als er hinter Holtkamp ins Besprechungszimmer trat, wo Ingrid und Heinz Bauer bereits warteten.

„Neues Aftershave?“ Ingrid lächelte vielsagend, als Krämer neben ihr Platz genommen hatte.

„Witzig“, gab er zurück und goss sich gleichzeitig Kaffee in eine leere Tasse.

„Eau de moef.“ Holtkamp verkniff sich ein Lachen. „Könnte der neue Renner werden. Jedenfalls weiß unser Kollege jetzt, woher die frische Landluft kommt.“

„Was ist passiert?“, fragte Bauer interessiert, während er an seiner Tasse nippte. Holtkamp gab ein paar erklärende Worte ab, erwähnte die Befragung der drei Mechanikerlehrlinge und schloss mit einem kurzen Rapport über Jens Lehmann und seinen Gülleanhänger.

„Das mit den Fingerabdrücken war eine gute Idee“, lobte

Bauer. „Sobald die Jungs hier gewesen sind, vergleichen wir die Abdrücke mit dem von unserem mutmaßlichen Täter. Wäre zu schön, wenn da einer übereinstimmt."

„Aber auch zu einfach", brummelte Krämer.

„Manchmal sind es gerade die einfachen Lösungen", konterte Holtkamp.

„Glaubst du noch an den Weihnachtsmann?" Krämer griff zu seiner Zigarillopackung, ließ sie aber im Jackett, als er sich erinnerte, dass Rauchen in diesem Raum nicht gern gesehen wurde. Stattdessen knirschte er mit den Zähnen.

„Der Mörder ist so raffiniert vorgegangen, hat kaum Spuren hinterlassen, da wäre er blöd, einfach so zum Henker zu gehen."

Holtkamp hob abwehrend die Hände. „Ich war nie davon überzeugt, dass Erich der Gesuchte ist, falls ich dich daran erinnern darf. Und sein Geisteszustand liegt weit unter …"

„Ja, ja, schon gut. Hab verstanden", unterbrach ihn Krämer und wandte sich an Bauer. „Was gibt es hier Neues?"

„Wir haben jetzt einen kompletten Bericht der Spurensicherung", begann der. „Man hat den genauen Ort lokalisiert, an dem Vera Borg ermordet wurde. Minnebusch ist sich sicher, dass es am Eingang der Tenne passiert sein muss. Nach diesem Bericht hier", er hielt die dicht beschriebenen Din A4 Seiten in die Höhe, „hat die Journalistin in der Nacht von Sonntag auf Montag die Tenne betreten und dort ihren Mörder getroffen. Es fanden sich keine Anzeichen von Gegenwehr oder sonstige Spuren eines Kampfes. Vera Borg muss die Attacke völlig überrumpelt haben. Und sie war sofort tot."

„Wenigstens etwas Gutes", bemerkte Ingrid leise.

„Hat man die Mistgabel auch gefunden?“ fragte Holtkamp und sah zu Bauer hinüber.

„Ja. Draußen auf einer Wiese vor der Tenne.“

„Fingerabdrücke?“

„Leider nein. Jemand hat den Stiel fein säuberlich abgewischt, und wir können bei dem geistigen Zustand von Jeschke davon ausgehen, dass er es nicht getan hat. Eine andere Person wollte die Tat vertuschen und seine Spuren beseitigen.“

„Was ist mit Jeschke?“

„Tja, Ingrid.“ Bauer seufzte. „Da ist sich Minnebusch nicht sicher. Laut Fingerabdrücken auf dem Gewehr hat er sich selber erschossen. Zwar etwas schwierig bei dem langen Lauf, aber er könnte sich das Ende des Gewehres in den Hals gesteckt und abgedrückt haben. Umständlich, dennoch möglich.“

„Der Brief?“

„Ist echt.“ Bauer schlürfte an seinem Kaffee und fand in Minnebuschs Bericht eine Kopie des Briefes. Dabei lag eine schriftliche Bestätigung eines Sachverständigen für Handschriften, dass die krakeligen Zeilen mit anderen handgeschriebenen Briefen von Jeschke übereinstimmten.

Er stand auf.

„Versuchen wir mal einen Ablauf der Mordnacht. Laut Obduktionsbericht der beiden Leichen wurde Vera Borg zwischen halb drei und drei Uhr nachts ermordet. Sie muss kurz zuvor die Tenne betreten haben, ob alleine oder in Begleitung wissen wir noch nicht. Wenig später ersticht sie der bisher noch unbekannte Täter mit der Heugabel. Dann taucht Jeschke auf. Er findet die blutüberströmte Journalistin. Geschockt darüber meint er, dass er für ihren Tod verantwortlich ist. Er zieht sie weiter in die Tenne hinein, legt sie in eine der Kisten und kleidet sie neu an. Dann richtet er ihr Make-up, besprüht sie mit Parfüm und schreibt den Brief, den wir fanden. Zum Schluss lädt er sein Gewehr, legt sich ins Bett und setzt seinem Leben ein Ende."

„Du meinst also", hakte Holtkamp nach, „dass er selber die Spuren nicht verwischt hat?"

„Genau das meine ich. Die Kiste am Tatort, das Abputzen der Heugabel und das Entsorgen der blutigen Kleidung von Vera Borg hat ein anderer gemacht, da bin ich mir sicher."

„Unser Mörder." Ingrid nickte bestätigend. „Und er übergibt sich vor lauter Unwohlsein in Jeschkes Toilette."

Krämer lachte höhnisch. „Ein eiskalter Killer kotzt ins Klo? Das passt nicht zusammen."

„Laut DNA Vergleich stammt der Mageninhalt jedenfalls nicht von Jeschke", konterte Bauer.

„Vielleicht war Vera Borgs Tod doch ein Unfall", bemerkte Ingrid weiter. „Der Mörder war gar nicht der Mörder. Er war aus irgendeinem Grund in der Tenne, als Vera auftauchte. Vielleicht dachte er, er müsse sich verteidigen, weil er jemand anderes vermutete. Es war dunkel, da kann alles Mögliche passieren. Dann hat er registriert, was er angerichtet hat und versuchte verzweifelt, seine Tat zu vertuschen."

Krämer lachte dumpf. „Und was wollte er nachts um halb drei in der Tenne?"

„Jedenfalls nicht entdeckt werden."

„Okay, damit ich das richtig verstehe, Ingrid: Du meinst, da schleicht einer nachts durch Jeschkes Tenne, sticht die Borg nieder, weil er denkt, dass ist jemand anders, wird dann von Jeschke überrascht, hilft ihm vielleicht sogar, die Leiche der Frau aufzubahren, schaut dann seelenruhig zu, wie Jeschke sich erschießt und kotzt zum guten Schluss vor lauter Übermut ins Klo." Krämer starrte in die Gesichter der anderen und lachte glucksend. „Die Story klingt so bekloppt, dass sie sogar stimmen könnte. Seit heute glaub ich alles, was hier auf dem Land passiert."

„Das eau de moef wirkt, was?", spottete Holtkamp.

Krämer verzog das Gesicht. „Ist auch nicht schlimmer als Duisburger Rheinwasser. Aber, sagt mal, ist euch aufgefallen, dass ihr außer diesem blutigen Fingerabdruck und dem umgekrempelten Mageninhalt nichts habt, was darauf hindeutet, dass eine dritte Person auf dem Hof war? Habt ihr die Reste aus der Kloschüssel mal mit Veras DNA verglichen? Vielleicht war sie schwanger und hat jeden Morgen gekotzt. Soll bei Schwangeren häufiger vorkommen."

Holtkamp verdrehte die Augen. „Und der Fingerabdruck auf der Wäschetonne? Er stammt weder von Jeschke noch von Vera."

„Und der abgeputzte Mistgabelstiel", ergänzte Ingrid bissig. „Wieso sollte Jeschke das tun?"

Krämer hob abwehrend die Hände. „Hey, ist ja gut. Ich bin nicht eure Mutti, die euch sagt, wie ihr die Sache angehen sollt. Ich geb nur Tipps und seh von außen zu, wie ihr vorankommt."

„Dann bleib auch schön außen, Partner", echauffierte sich Holtkamp. „Wir haben mehr als einen Gülleanhänger im Münsterland."

Das saß! Krämer stand auf und verließ ohne ein weiteres Wort das Besprechungszimmer. Holtkamp stöhnte auf.

„Schade. Ich hatte gerade versucht, erste freundschaftliche Bande zu knüpfen.“

„Das haben schon andere versucht und sind daran gescheitert.“

„Was meinst du, Heinz?“, fragte Holtkamp seinen Vorgesetzten. Ingrid kam ihm zuvor.

„Gegen Tobi läuft ein Disziplinarverfahren. Er soll in Münster eine Kollegin sexuell missbraucht haben.“

Holtkamp starrte Ingrid an, dann seinen Chef. Er versuchte in ihren Gesichtern eine Pointe zu finden.

„Das ist doch ein Scherz, oder?“, sagte er schließlich. „Heinz, sag, dass das ein Scherz ist.“

„Leider nein. Es ist die Wahrheit. Allerdings steht Aussage gegen Aussage. Die Staatsanwaltschaft ermittelt bereits, da Tobias Kollegin Anzeige erstattet hat.“

„Aber …, dann müsste er doch suspendiert sein?!“

Ingrid schüttelte den Kopf. „Nicht, wenn man einflussreiche Familienmitglieder hat.“

„Wer?“

Seine Kollegin wechselte einen Blick mit Bauer. Der nickte. Daher fuhr sie fort: „Lenz. Er ist Tobis Onkel.“

„Lenz?“ Alex zog ungläubig die Augenbrauen hoch.

„Das muss unter uns bleiben“, sprach Bauer und hob warnend einen Finger. „Die Sache darf keine Runde durchs Haus machen. Wenn einer von euch den Mund aufmacht, wird er höchstpersönlich von mir versetzt. Und zwar nach Timbuktu.“

„Ich fass es nicht.“ Holtkamp hatte gar nicht richtig zugehört. „Onkel Lenz.“

In diesem Moment riss Monika Engelhardt die Tür auf

und stürmte in den Raum. In ihrem erregten Gesicht spiegelten sich Trauer und Aufregung. Atemlos starrte sie auf Heinz Bauer und brachte zunächst kein Wort heraus.

Bauer trat auf sie zu. „Alles klar?“

Die Telefonistin schüttelte den Kopf.

„Nein, Heinz. Es ist … etwas Furchtbares passiert. Deine Tochter, Annika …, sie hatte einen Unfall. Mit dem Auto.“

Bauers Gesicht zuckte unkontrolliert, ehe er etwas erwidern konnte.

„Wo?“

XII

Werner Riebers fing ihn am Eingang des Präsidiums ab. Er gehörte zur Streife, die eine drei viertel Stunde zuvor zum Unfallort gerufen worden war. Als er Annikas Pass fand, wusste er, was er zu tun hatte.

Heinz Bauer vergaß für Momente alles um sich herum, als er im Streifenwagen Platz genommen hatte. Seine Gedanken drehten sich um Annika. Szenen ihrer Kindheit tauchten in ihm auf. Er gestand sich erneut ein, sich viel zu wenig um seine beiden Töchter gekümmert zu haben. Viel zu sehr Polizist; der Dienst hatte immer Vorrang gehabt. Jetzt war es zu spät für Selbstvorwürfe, und trotzdem kamen sie in ihm hoch.

Als er aus seinen Betrachtungen aufschreckte, bemerkte er, dass Riebers nicht Richtung Krankenhaus fuhr, sondern sie sich stadtauswärts auf der Straße nach Altenberge befanden. Er schreckte auf.

„Wo willst du hin, Werner?"

Riebers rieb sich die Nase und trieb den Wagen zu Höchsttouren.

„Ich weiß, dass du so schnell wie möglich zu Annika willst", meinte sein Kollege. „Aber sie ist okay. Hat nur einen Beinbruch davongetragen. Diese kleinen japanischen Autos sind inzwischen ganz schön auf Draht. Haben mehr Sicherheitsstandards, als man denkt."

„Du lenkst ab, Werner", sagte Bauer gereizt.

„Ich weiß. Aber bevor ich dich zu deiner Tochter chauffiere, solltest du dir noch etwas ansehen. Annika läuft uns nicht davon.“

„Wäre auch schwierig mit einem Beinbruch.“

Sie kamen an die Auffahrt zur Schnellstraße. Schon von weitem erkannte Bauer den Feuerwehrwagen, der mit eingeschaltetem Blaulicht einen Teil von ihr versperrte. Ein breiter Strom an anderen Fahrzeugen wurde von zwei Uniformierten um die Unfallstelle herum geleitet. Riebers hielt neben der Ampelanlage und würgte den Motor ab. Fahren war nicht seine Stärke.

Sie stiegen aus. Bauer erkannte in den Büschen neben der Ampel den „kleinen Japaner“, den es mit voller Wucht von der Straße getrieben hatte. Auf seinem Weg in die Büsche hatte er einen Stromverteiler und eine der Ampeln gestreift. Er lag auf dem Dach, und so wie er aussah, war es ein Wunder, dass seine Tochter heil herausgekommen war.

„Der ist ja Schrott“, bemerkte er mit bleichem Gesicht. Riebers nickte.

Ein paar Schritte mussten sie sich durch niedrige Büsche kämpfen, dann hatten sie den Wagen erreicht. Aus den zerborsteten Seitenfenstern hingen Reste der Airbags. Bauer überfiel ein eiskalter Schauer. Er hatte schon einige Unfallwagen gesehen, aber in diesem Fall war es etwas anderes.

„Komm mal rüber“, rief Riebers ihm zu. Er war auf die andere Seite des Autos gegangen und winkte den Hauptkommissar zu sich. Bauer setzte sich in Bewegung. Als er Riebers erreicht hatte, deutete dieser auf einen schmalen Schlauch unter dem Wagen.

„Das hier sind die Bremsleitungen“, erklärte er seinem Kollegen, „und ich will nicht mehr bei der Streife sein, wenn die nicht einer manipuliert hat.“

„Manipuliert?"

Riebers nickte. „Jau, durchtrennt. Schätze, mit einem Seitenschneider. Ich hab mich vorhin nur gewundert, dass auf dem Teer keine Bremsspuren zu sehen waren. Der Wagen kam von Borghorst und wollte auf die Schnellstraße abbiegen. Ich meine, selbst mit etwas erhöhter Geschwindigkeit kommt man um die Kurve. Aber der hier ist einfach mit voller Fahrt in die Büsche geknallt. Das macht kein normaler Fahrer. Es sei denn, er kann nicht anders."

„Die Bremsen."

„Genau. Die Bremsleitungen sind komplett leer. Da war gar nichts mehr mit bremsen."

Bauer erstarrte. Erst nach Sekunden konnte er weiter sprechen. „Aber, wieso sollte jemand die Leitungen kappen?"

„*Du* bist bei der Kripo, Heinz", gab Riebers schulterzuckend zurück. „Sag du's mir."

„Das ist verrückt. Annika hat doch niemandem …"

„Ich glaube nicht, dass der Anschlag deiner Tochter galt. Sie war im falschen Moment hier im Wagen."

„Wem gehört das Auto?"

Riebers kramte einen Führerschein aus seiner Uniformjacke. „Stefan Eschenbach. Ob er allerdings der Halter des Wagens ist …"

„Eschenbach?" unterbrach ihn Bauer erregt. „Aus Horstmar?"

„Ja. Wieso? Kennst du ihn?"

Das Gestüt lag etwas abseits von Emsdetten in Ahlintel. Ein Dorf, bestehend aus mehreren Kneipen, etlichen Gehöften und einer gotischen Kirche.

Alexander Holtkamp steuerte den Wagen durch die engen Sträßchen des Dorfes. Neben ihm saß Ingrid und bemerkte zum wiederholten Male, wie geschockt sie über den Unfall von Annika war. Holtkamp schien ebenfalls bestürzt, versuchte aber durch kleine Witze die angespannte Situation zu beruhigen.

Die beiden hatten beschlossen, als Heinz Bauer aus dem Besprechungszimmer gehuscht war, nicht apathisch zu warten. Annika hin oder her; nachdem sie von Frau Engelhardt erfahren hatten, dass Bauers Tochter neben vielen Prellungen und Schürfungen mit einem gebrochenen Unterschenkel davongekommen war, wollten sie die Gunst der Stunde und Krämers Abwesenheit nutzen, um Susanne Eschenbach weiter auf den Zahn zu fühlen. Sie schien, nach dem Gespräch mit den drei Lehrlingen, mehr als nur ein Mosaiksteinchen in dem Fall zu sein.

Statt also tatenlos im Revier zu verharren, setzten sie sich in ihr Auto, erfuhren in Horstmar, dass Eschenbachs Tochter auf ihrem privaten Gestüt in Ahlintel weilte und erreichten soeben das weitläufige, etwas abseits gelegene Gehöft aus dem 18. Jahrhundert. Noch während Holtkamp das Auto vor dem Pferdestall parkte, kam sie ihnen aus dem Gebäude entgegen. Ihr verheultes Gesicht versuchte sie zu verbergen, als sie Holtkamp erkannte, doch die beiden Beamten hatten bereits bemerkt, dass sie etwas bedrückte.

„Hallo, Frau Eschenbach.“ Holtkamp schnitt ihr den Weg ab. Sie versuchte zu lächeln.

„Hallo, Herr Holtkamp. Ich wollte gerade ausreiten“, gestand sie entschuldigend.

„Kein Problem. Wir haben nur ein paar Fragen an Sie. Wenn Sie fünf Minuten Zeit für uns hätten …“

„Falls es nicht länger dauert.“

Ingrid musterte kurz ihre Reitkluft. Die Sachen wirkten sportlich, standen ihrer schmalen Figur sehr gut. Und sie wirkten ungebraucht. Susanne Eschenbach bemerkte ihre neugierigen Blicke, und unbewusst zog sie die kurze Reitweste zurecht.

„Wir haben neue Informationen“, fuhr Holtkamp fort. „Demnach waren Sie in der Mordnacht von Jeschke zusammen mit einigen Jungs aus Leer auf seinem Hof.“

Die junge Frau zog die Lippen zusammen. „Aha. Wer behauptet das?“

„Marek, Lukas und Martin.“

„Wie schön.“ Ihre Stimme barg neben Unwohlsein eine Portion Ablehnung. „Und? Was sagt Ihnen das?“

„Dass Sie uns angelogen haben.“

„Inwiefern?“

„Als Sie sagten, dass Sie Jeschke nicht kennen würden.“

Sie unterbrach ihn gereizt. „Ich habe nie behauptet, Jeschke nicht zu kennen.“

„Wie gut kannten Sie Vera Borg?“, fragte Ingrid unvermittelt. Nach ihren Worten konnte Susanne Eschenbach nicht verhindern, dass die Frage erneut Tränen in ihre Augen trieb. Verstohlen wischte sie sie mit dem Ärmel ab.

„Vera kannte ich schon sehr lange“, gestand sie.

„Ach.“ Holtkamp hob verwundert eine Augenbraue und wechselte einen Blick mit seiner Kollegin. „Was …“

„Bevor Sie weiterfragen; Vera und ich haben uns vor zwei Jahren zum ersten Mal in Berlin getroffen. Ich befand mich im Auftrag meines Vaters dort, um den Vertrag mit Jeschkes Tenne in die Wege zu leiten."

„Jeschke Junior."

„Wolfgang Peters. Ja, ich hatte einen Termin bei ihm, privat, in seinem Haus. Ich blieb zwei Tage, dann flog ich zurück."

„Bisschen kurz, um Vera kennenzulernen, oder?" Holtkamp runzelte die Stirn. „Oder trafen Sie sich einfach so wie die glückliche Nadel im Heuhaufen?"

„Nein. Vera Borg ist …, war Peters Tochter. Aus erster Ehe, bevor Sie über den Nachnamen stolpern."

„Soll das heißen", hakte Ingrid nach, „dass Vera die Großnichte von Jeschke war?"

Susanne Eschenbach nickte. Ihre weiteren Worte gingen in einem Schwall aus Tränen unter. „Sie recherchierte für einen neuen Artikel und ich habe sie, wo ich konnte, dabei unterstützt. Wir waren Freundinnen. Und dann …, las ich heute in der Zeitung, dass … Wieso haben Sie mir ihren Tod verschwiegen?"

Holtkamp widerstand ihrem anklagenden Blick.

„Nehmen Sie's nicht persönlich, Frau Eschenbach, aber Sie haben uns nicht gerade freundlich behandelt, als wir im Büro ihres Vaters waren. Und wir hatten zu dem Zeitpunkt keinerlei Informationen, dass Sie und Frau Borg sich kennen würden."

„Was ist in der Nacht von Sonntag auf Montag passiert?", fragte Ingrid weiter.

Die junge Frau überlegte einen Moment, ehe sie antwortete: „Wir waren auf dem Schützenfest. Irgendwann hatte einer von uns die Idee, ein Frühstück zu organisieren.

Vera machte dann den Vorschlag, die Sache bei ihrem Großonkel zu machen. Die meisten von den Jungs waren völlig besoffen. Nur Jens war einigermaßen nüchtern."

„Jens Lehmann?"

Eschenbachs Tochter nickte. „Aber er hat dauernd versucht, mich anzumachen. Ich konnte ihn schon nicht ausstehen, als er noch Fahrer bei uns war. Ständig stellte er mir nach, drängte mir seine Nähe auf. Es war schrecklich."

„Er war Fahrer bei Ihnen?"

„Ja, bis vor einem halben Jahr. Da hat ihn mein Vater rausgeworfen."

„Warum?"

„Er wollte mich schützen. Jens ist eigentlich kein böser Kerl. Aber ich hatte das Gefühl, er konnte es nicht ertragen, dass ich auf seine Annäherungsversuche nicht eingegangen bin."

„Und dann gehen Sie mit ihm frühstücken?", hakte Holtkamp skeptisch nach. „Ich will Ihnen ja keinen Ratschlag geben, aber Sie …"

Die junge Frau unterbrach ihn. Sie kramte in ihrer Weste nach einem Schriftstück und erklärte nebenbei: „Ich weiß, was Sie sagen wollen. Aber ich möchte Ihnen etwas zeigen. Das hier", sie faltete einen Brief auseinander und hielt ihn den Beamten hin, „kam heute Morgen mit der Post."

Ingrid und ihr Kollege überflogen den ausgeschnittenen und auf einen Zettel aufgeklebten Inhalt: Bist du nicht willig, so brauch ich Gewalt.

„Das ist nicht der erste", gestand derweil Susanne Eschenbach. „Ich hab nicht mitgezählt, aber ein Dutzend sind es bestimmt, die ich bekommen habe."

„Drohbriefe?! Seit wann geht das so?"

„Etwa ein Vierteljahr, Herr Holtkamp."

„Wissen Sie, wer dahintersteckt?"

Sie verneinte. „Ich dachte erst, es wäre Jens, und ich habe ihn zur Rede gestellt."

„Wann?"

„Sonntag, nach dem Fest, auf Jeschkes Hof. Vera war bei mir, ich hatte sie eingeweiht. Er stritt natürlich alles ab."

„Wo sind die anderen Briefe?"

„Im Haus."

„Und warum haben Sie keine Anzeige erstattet?"

„Ohne Beweise?" Eschenbachs Tochter wischte sich eine weitere Träne aus dem Auge. „Sehen Sie, selbst meinem Vater gegenüber habe ich nichts gesagt. Ich dachte, das mit den Briefen gibt sich irgendwann. Vera und ich haben Jens ins Gewissen geredet. Wir meinten, er sei dieser, wie sagt man heutzutage: stoker. Aber dann las ich von Veras Tod, und heute Morgen ..."

Sie deutete auf den Brief.

„Unangenehme Sache", gestand Holtkamp und faltete den Zettel wieder zusammen. „Bedroht Sie der Schreiber auch telefonisch?"

„Nein, zum Glück nicht."

„Können Sie sich außer Jens Lehmann jemanden vorstellen, der dahintersteckt?"

Sie schüttelte nachdenklich den Kopf. „Ehrlich gesagt: Nein. Ich glaube nicht, dass ich Feinde habe, die mich umbringen wollen."

Holtkamp dachte an Vera Borg. War ihr Tod ein Versehen? Hatte der Täter möglicherweise Susanne Eschenbach in der

Tenne vermutet und die falsche Frau ermordet?

„Nun“, sagte er gedehnt, „Sie werden verstehen, dass diese Neuigkeiten viele Fragen nach sich ziehen. Ich möchte Sie bitten, uns aufs Präsidium zu begleiten, um eine Aussage zu machen, was sich Sonntag Nacht auf Jeschkes Hof genau abgespielt hat.“

„Das ist vielleicht das Beste“, bemerkte sie zögerlich. „Auch wenn ich …“

Der Klingelton ihres Handys unterbrach ihren angefangenen Satz. Mit einem entschuldigenden Blick nahm sie das Gespräch an, hörte sekundenlang dem Anrufer zu und nickte dann mit bleichem Gesicht, ehe sie die Leitung kappte.

„Wir müssen den Termin verschieben“, gestand sie bedrückt. „Mein Bruder hatte einen Autounfall, hat mir mein Vater gerade mitgeteilt. Bitte, entschuldigen Sie, ich kann jetzt nicht mit Ihnen kommen.“

Holtkamp und Ingrid sahen sich an.

„Kommen Sie“, sagte Ingrid, „wir fahren Sie hin.“

„Danke“, sagte sie abwesend. „Ich muss mich nur eben umziehen.“

Nach ihren Worten verschwand sie im Stall.

Ingrid sah ihr hinterher. „Glaubst du ihr?“

„Was?“

„Ob du ihr die Story abnimmst.“

„Allerdings“, gestand Holtkamp. „Warum sollte ich nicht? Wenn sie ein stoker ins Visier genommen hat, kann ich sie verstehen. Du scheinst allerdings nicht überzeugt zu sein.“

„Nicht wirklich. Irgend etwas stört mich. Einerseits sagt sie, dass sie der Tod von Vera geschockt hat, und andererseits wollte sie gerade einen Ausritt machen. Warum kommt sie mit den Drohbriefen nicht zu uns?"

Ihr Kollege strich sich über das Gesicht. „Vielleicht haben die Briefe nichts mit unserem Doppelmord zu tun."

Sein Handy klingelte. Es war Uli Reimann, der Postbote. Und er hatte eine Nachricht, die Holtkamp leise fluchen ließ.

„Ich weiß, ich hätte es eher sagen müssen", gestand der Mann am anderen Ende der Leitung. „Aber ..., ich habe mich geschämt. Man sieht nicht jeden Tag eine Leiche, Herr Holtkamp. Mir ist einfach nur schlecht geworden."

„Das kann ich verstehen", gab der Kripobeamte unwirsch zurück. „Ihnen war also schlecht, und dann haben Sie sich ins Klo von Jeschke übergeben, richtig?"

„Ja. Tut mir Leid, dass ich es Ihnen nicht sofort gesagt hab."

„Schon gut. Ist ja noch früh genug", bemerkte Holtkamp zerknirscht.

Reimann schien aufzuatmen. „Alles klar. Schönen Tag noch. Wiederhören."

Holtkamp kappte die Leitung.

„Mist", fluchte er laut. „Damit können wir uns die ganzen DNA-Tests sparen."

„Der Postbote war's?"

„Ja. Er ist unser Kotzer aus Jeschkes Toilette. Das wird Heinz gar nicht gefallen. Jetzt bleibt uns nur noch dieser blutige Fingerabdruck."

„Vielleicht haben wir noch etwas anderes", wich Ingrid aus. „Wir hatten heute Besuch von Veras Chef. Er hat uns mitgeteilt, dass Vera an einer heißen Story dran war. Genaueres wusste er allerdings nicht. Nur dass es mit Windkraftanlagen zu tun hat."

Holtkamp hing an ihren Lippen. Von dem Besuch hörte er zum ersten Mal.

„Könnte diese heiße Story nicht mit Eschenbachs Aktivitäten zu tun haben?“, fuhr Ingrid fort.

„Natürlich könnte es das“, räumte ihr Kollege nachdenklich ein. „Und diese Briefe werfen neues Holz in die Glut.“

„Ich habe das Gefühl, wir nähern uns einem möglichen Motiv für die Morde“, deutete Ingrid an.

„Was hat Veras Chef noch erzählt?“

„Nur dass Vera als freie Mitarbeiterin für die Zeitschrift tätig war. Sie hat gute, interessante Artikel geschrieben.“

„Was wir bereits wussten.“

„Ja. Aber was wir nicht wussten, und scheinbar auch dieser Persbrandt nicht, war, dass sie die Großnichte vom alten Jeschke gewesen ist. Jeschkes Tenne, Peters Auftrag, Veras Mord.“

„Und Eschenbachs Windanlagen.“ Holtkamp nickte verständnisvoll. „Die Welt ist manchmal kleiner, als man meint.“

„Das ist doch kein Zufall mehr.“

„Was meinst du?“

„Dass Vera gerade jetzt auf dem Hof ihres Großonkels weilte. Die Drohbriefe, die ganzen Aktivitäten dieser Eschenbach Firma auf dem Bauernhof.“

„Du glaubst, dass etwas Illegales hinter dem Auftrag von Eschenbach steckt?“

Ingrid nickte aufgeregt. „Und Vera ist dahintergekommen, was es ist.“

„Und was sollte, deiner Meinung nach, illegal an dem Auftrag sein, Windkraftanlagen nach Estland zu verschiffen?“

Susanne Eschenbach trat aus einem der Nebengebäude. Sie hatte sich umgezogen und kam zu den beiden hinüber.

„Das müssen wir herausfinden", flüsterte Ingrid, bevor sie sie erreicht hatte. „Jedenfalls ist da etwas faul, das fühle ich. Und da steckt nicht nur dieser ominöse stoker dahinter."

Holtkamp hatte keine Zeit für weitere Fragen. Aber die Idee des möglichen Motivs hatte sich bereits in seinem Hirn festgesetzt.

Wenig später fuhren die drei Richtung Steinfurt.

XIII

Susanne erzählte ihnen unterwegs den ganzen Ablauf der Nacht nach dem Schützenfest. Demnach war Jens auf die Idee mit dem Frühstück gekommen und Vera hatte Jeschkes' Hof vorgeschlagen. Sie waren zu siebt gewesen; die drei Mechanikerlehrlinge, Jens Lehmann, Jakob, ein Junge aus der Nachbarschaft, Vera und sie selber. Erich Steinbeck hatten sie unterwegs irgendwo verloren.

Jens hatte ihr schon das Fest mit seinen Annäherungsversuchen vermiest. Sie sah den Zeitpunkt gekommen, sein Benehmen ein für allemal zu beenden. Schon kurz vor dem Hof war es zu Streitereien gekommen. Marek und Martin waren sturzbetrunken und verabschiedeten sich noch vor Erreichen der Einfahrt. Als sie gingen, nahmen sie Jakob und ihren Lukas, den dritten Lehrlingskollegen, gleich mit. Susanne hatte es nicht geplant, aber die Gelegenheit war günstig. Hastig teilte sie Vera ihren Plan mit, und zusammen nahmen sie Jens in die Mangel. Er stritt natürlich ab, der stoker zu sein und etwas mit den Drohbriefen zu tun zu haben. Doch Vera und sie ließen nicht locker, bis er schließlich wutentbrannt den Platz verließ. Vera und sie tauschten noch ein paar Gedanken aus, dann verließ auch sie die Journalistin und lief zurück zum Festzelt, wo ihr Auto parkte. Da war es zwei Uhr nachts, eine halbe Stunde, bevor Vera ermordet wurde.

Als sie das Krankenhaus erreicht hatten, verabschiedete sich Susanne Eschenbach von den beiden Beamten und versprach den beiden, im Verlauf des Tages zu einer Aussage ins Präsidium zu kommen. Ihr Bruder lag auf der Intensivstation, während Annika Bauer noch in der Notaufnahme versorgt wurde.

Heinz Bauer saß bereits dort. Sein ernstes Gesicht verriet, dass er unter Hochspannung stand. Er grüßte matt, als Ingrid und Holtkamp ihn erreichten.

„Wie geht's ihr?", fragte Ingrid besorgt.

„Eigentlich ganz gut", sagte ihr Chef. „Sie hat ein Schmerzmittel bekommen. Der Arzt sagt, dass sie das Bein richten mussten. Sie verpassen ihr gerade einen Gipsverband."

„Da hat sie ja Schwein gehabt", bemerkte Holtkamp.

„Mehr als das, Alex."

Bauer berichtete ihnen von der Tatsache, dass die Bremsleitungen des Wagens durchtrennt worden waren. Holtkamp pfiff leise durch die Zähne und erwähnte seinerseits, daß Susanne Eschenbach von einem stoker bedroht wurde. Bauer ordnete sofort einen Polizeischutz für sie an; Ingrid versprach, sich darum zu kümmern.

„Glaubst du denn, zwischen dem Unfall und dem stoker besteht ein Zusammenhang?"

Bauer zuckte die Schultern. „Wir wissen, dass der Unfallwagen nicht Stefan gehört. Er ist auf seine Schwester zugelassen."

„Ach?"

„Was gibt es sonst Neues?"

Ingrid berichtete über die letzten Wendungen in dem Fall. Dass mit Reimann wusste Bauer bereits. Monika Engelhardt hatte ihn angerufen und mitgeteilt, dass Reimann die Aussage über seine Übelkeit machen wollte. Als Ingrid aber ihr

Mordmotiv näher beschrieb, nickte der Hauptkommissar zustimmend.

„Klingt plausibel", sagte er schließlich. „Ein illegales Geschäft, hinter das Vera Borg gekommen ist. Die Richtung sollten wir weiterverfolgen. Wir brauchen alles über diesen Auftrag aus Brüssel und dafür benötigen wir mehr Leute. Wo ist Tobias jetzt?"

„Tobi?" Holtkamp verzog das Gesicht und steckte die Hände in die Hosentaschen. „Wahrscheinlich heult er sich bei seinem Onkel aus oder treibt sonst einen Blödsinn."

„Wir setzen ihn auf die Telefonrecherchen an. Er kann sich um die Informationen aus Brüssel kümmern."

„Und was sollen wir machen?", fragte Ingrid.

„Ihr kassiert Jens Lehmann ein. Der Typ ist mir nicht koscher. Ich will eine Aussage von ihm und seine Fingerabdrücke. Wenn er der stoker ist, hat er eindeutig ein Motiv. Wir gehen beide Sachen gleichzeitig an. Dann verpassen wir keine Kleinigkeit, die wichtig sein könnte."

„Okay, Chef. Du bleibst sicherlich noch hier, bis du was Genaues über Annikas Zustand weißt?"

„Ja, Alex. Monika Engelhardt war so nett, meine restliche Familie aus Münster abzuholen und hierher zu bringen. Wenn Renate da ist, komme ich aufs Präsidium. Schnappt euch bis dahin diesen Lehmann."

„Wird gemacht."

Ingrid und Holtkamp verschwanden aus dem engen Flur und ließen Heinz Bauer nachdenklich zurück. Es gab Zufälle im Leben, die mehr als Zufall waren, gestand er sich ein. Dass Stefan Eschenbach und seine Tochter zusammen Physik studierten, Annika nichts Besseres zu tun hatte, als mit ihm ihre Angehörigen abzuholen und jemand Unbekanntes die Bremsleitungen durchtrennt hatte, waren Ereignisse, die niemand vorhersehen konnte.

In seine Überlegungen schob sich eine Gestalt, die spärlich mit einem Bademantel bekleidet war. Bauer reagierte zunächst gar nicht auf die Person, die neben ihm Platz nahm. Irgendwann wandte er den Kopf und hielt überrascht inne, als er den Mann erkannte.

„Jürgen?!"

Sein Nachbar lächelte. „Hallo Heinz."

Jens Lehmann hob die Augenbrauen. „Wollt ihr mir etwa den Mord an Heinz und dieser Schreibtusse andrehen?"

„Sie war Journalistin, nicht irgendeine Tusse", bemerkte Holtkamp energisch.

„Ist doch scheißegal."

„Das ist es nicht, Herr Lehmann."

Sie hatten ihn vor einer halben Stunde zu Hause aus der Dusche gezerrt und ins Verhörzimmer des Präsidiums verfrachtet. Noch immer glänzten seine Haare von der Feuchtigkeit des Duschwassers. Dementsprechend mürrisch gab er seine Antworten. Doch Holtkamp wollte ihn damit nicht durchkommen lassen. Längst hatte der junge Beamte seine Meinung über derartige „Verfolger" auf Lehmann fokussiert. Und er wollte an Lehmann ein Exempel statuieren, auch wenn sein gesunder Menschenverstand der Idee widersprach.

„*Sie* haben diese Drohbriefe an Susanne Eschenbach geschickt, geben Sie's doch endlich zu." Holtkamps Ton wurde zusehends gereizter. Ingrid, die von einem Stuhl an der Wand der Befragung zuschaute, war sich bewusst, dass, wenn es so weiter ging, sie irgendwann eingreifen musste. Noch war der Punkt allerdings nicht erreicht.

„Du spinnst doch“, winkte Lehmann ab.

Holtkamp geriet noch mehr in Rage. Er stützte sich vor Lehmann auf dem Tisch ab und fauchte ihn an: „Ach, ja?! Ich spinne? Sollen wir noch eine Beamtenbeleidigung dazuschreiben?“

Lehmann sah verwirrt von ihm zu Ingrid hinüber.

„Aber, ich hab doch nix gemacht“, versuchte er zu erklären.

„Nix ist gut. Wissen Sie, was ich von solchen Verehrern, wie Sie einer sind, halte? Gar nichts. Jedes Jahr stehen zigtausende Frauen vor einem Selbstmord, weil ihnen irgendein Typ mit seinen Briefen und Telefonaten das Leben zur Hölle macht. Und uns Bullen sind die Hände gebunden, wenn sie endlich ihre Angst überwunden haben und Anzeige erstatten. Wir können nur eingreifen, wenn es tatsächlich zu einem Anschlag dieser Verehrer gekommen ist. Oft kommen wir dabei zu spät.“

Lehmann verdrehte die Augen und verschränkte die Arme vor der Brust.

„Was du nicht sagst. Und was hab ich damit zu tun?“

„Was du damit zu tun hast?“ Holtkamp beugte sich noch ein Stück weiter nach vorne und sah dem Landwirt böse in die Augen. „Weil du einer dieser Typen bist, denen wir nichts antun dürfen. Aber damit ist Schluss. Dich nageln wir für Jahre hinter Gittern fest, das verspreche ich dir.“

„Habt ihr Beweise für eure Hirngespinste?“

„Die kriegen wir, verlass dich drauf. Wir haben einen Durchsuchungsbeschluss für deinen Bauernhof …“

„Er gehört meinem Vater.“

„… und wir nehmen die ganzen Gebäude auseinander, wenn‘s sein muss.“

Lehmann grinste feist. „Vergesst die Scheunen nicht.“

Holtkamp sprang um den Tisch herum und packte Lehmann am Kragen. Vor lauter Wucht fiel der Stuhl um und landete krachend auf dem harten Boden. Nur Ingrids Eingreifen war es zu verdanken, dass Holtkamp dem Landwirt nichts antat.

„Alex, lass ihn“, riet sie eindringlich. „Setz dich nicht auf eine Stufe mit Tobias.“

Sie stellte den Stuhl wieder hin, und nachdem Holtkamp das Gesicht des Mannes fixierte, drückte er ihn zurück auf den Sitzplatz.

„Hast recht“, gestand er ärgerlich. „Ich will mir nicht die Finger an so einem schmutzig machen.“

Er zog sich in den Hintergrund des Raumes zurück, während Ingrid gegenüber von Lehmann Platz nahm.

„Wo waren Sie Sonntag Nacht zwischen halb drei und vier Uhr?“, fragte sie Lehmann.

Der Landwirt rieb sich den Hals, der nach dem Griff von Holtkamp schmerzte. „Weiß ich nicht mehr. Ich war betrunken, bin nach Hause gestolpert und hab mich hingelegt.“

„Haben Sie einen Zeugen dafür?“

„Wenn ich schlafe, bin ich allein.“ Lehmann grinste albern. „Oder ist einer bei dir, wenn du schläfst?“

„Sie sollen nur antworten“, riet Holtkamp aus dem Hintergrund. Lehmann warf ihm einen abschätzenden Blick zu und verschränkte wieder die Arme.

„Hatten Sie in der Nacht Streit mit Susanne Eschenbach?“, fuhr Ingrid die Befragung fort.

„Allerdings. Als die anderen weg waren, haben mich die beiden Weiber in die Mangel genommen. Ich sei ein verdammter Drohbriefschreiber und ich solle mich zum Teufel scheren. Die wurden zu Furien, als ich versucht hab, mich zu wehren.“

„Sind Sie handgreiflich geworden?“

„Ich?“ Lehmann lachte dröhnend, bevor er die Falle bemerkte. „Näh, das lass’ ich mir von euch nicht anhängen. Wenn ich jetzt Ja sage, bin ich dran, oder was?!“

„Warum hat Sie Herr Eschenbach als Fahrer entlassen?“

Er stutzte. „Das wisst ihr?“

„Warum, will meine Kollegin wissen“, drängte Holtkamp.

„Angeblich hab ich schlecht gearbeitet.“

„Und nicht angeblich?“

„Ich soll seiner Tochter nachgestellt haben.“

„Und? Haben Sie?“

Lehmann stöhnte. „Ja“, gestand er gedehnt. „Ich hab sie ein paarmal zum Essen eingeladen. Bin ihr nachgegangen, als sie mich abblitzen ließ und hab sie zur Rede gestellt. Vielleicht war ich ein bisschen zu grob. Aber ich hab sie nie angerührt. Das stimmt einfach nicht.“

Die beiden Beamten wechselten einen Blick.

„Davon haben wir auch nichts gesagt“, erwiderte Holtkamp. „Aber, wo wir gerade dabei sind; es ist Ihnen hoffentlich klar, dass Sie ziemlich in der Bredouille stecken. Die Briefe sprechen gegen Sie, wenn wir in ihrem Haus die Zeitschriften finden, aus denen die ausgeschnittenen Wörter fehlen. Sie können jetzt ihr Gewissen erleichtern und den Mord an Vera Borg gestehen. Das würde die Strafe für die Tat verringern.“

Lehmann starrte ihn entsetzt an. Schließlich fragte er vorsichtig: „Bist du eigentlich bescheuert?"

In diesem Moment betrat Tobias Krämer den Raum. Er deutete an, dass er von der anderen Seite des Spiegels dem Gespräch gelauscht hatte und selber ein paar Fragen stellen wollte. Ingrid überließ ihm skeptisch den Stuhl.

„Tach, Jens."

„Schön. Noch'n Bulle."

„Genau. Ein Bulle. Mit denen kennst du dich ja aus, oder?"

„Klar. Bin ja Landwirt." Lehmann grinste breit.

„Die Art von Bullen meinte ich nicht." Krämer kramte ein paar Zettel aus dem Jackett. „Ich hab hier ein paar Polizeiberichte, die von Anklagen gegen dich berichten."

Krämer bemerkte, wie Lehmann die Gesichtsfarbe entglitt.

„Nichts Schlimmes", fuhr er fort. „Ein kleiner Raub in Eschenbachs Firma, ein sexueller Angriff auf ein Mädchen aus Leer, und ein paar Mal Spannen bei einem jungen Pärchen, während sie Sex hatten. Ich meine, du scheinst es wirklich nötig zu haben, was?" Krämer ließ die Zettel scheinbar achtlos auf den Tisch gleiten. „Machst du's dir selber mit Schafen? Ich kann mir vorstellen, dass die stillhalten, wenn man nachts alleine mit ihnen im Stall ist. Oder wie ist es denn so, wenn man anderen beim Vögeln zusieht? Kriegt man da selber einen hoch?"

Auf Lehmanns Stirn bildeten sich Schweißtropfen. Irritiert sah er auf die Zettel, dann wieder auf Krämer.

„Wo haben Sie das her?"

Krämer hob theatralisch die Augenbrauen. „He, wir sind

in einem Polizeipräsidium. Von den Dingern haben wir massenhaft gelagert. Und von Zeit zu Zeit kann man die Sachen gegen unvorsichtige Leute wieder rausholen, wenn man weiß, dass sie da sind. Ich hab den Tipp von einem Freund von dir bekommen. Erich Steinbeck."

„Freund? Dieser Volltrottel?"

„Dieser Volltrottel hat mir vorhin einiges über dich erzählt. Interessante Dinge. Seine Ideen für die Geschichten, die er schreibt, zum Beispiel. Ich hab mir gleich gedacht, dass er seinen Helden nicht selber erfunden hat. Netter Stil, aber nicht Erichs Kreation."

„Ich hab ihm nur die Ideen gegeben."

„Wie die mit dem toten Landwirt und der Leiche in seiner Tenne. Hast wohl einen üblen Hass auf deinen Vater, was."

Lehmann gab keine Antwort. Krämer hatte einen tiefen Punkt in seinem Herzen berührt, den er mit niemandem teilen wollte. Nur mit Erich hatte er mal darüber gesprochen. Bei dem war er sich eigentlich sicher gewesen, dass er es nicht weiterpetzen würde.

Bis eben.

„Ohne Anwalt sag ich gar nichts mehr", sprach er schließlich.

Krämer grinste diabolisch. „Keine gute Idee. Anwälte sind wie Haie; erst umkreisen sie dich, ziehen dir mit ihrem Honorar das letzte Hemd aus, und dann beißen sie dir einzeln die Gliedmaßen ab. Kannst du dir überhaupt einen leisten?"

Lehmann sah ihn überrascht an. „Aber ich dachte ... gibt es da nicht so was wie einen Pflichtverteidiger, wenn man keinen hat?"

„Klar gibt's so was." Krämer zuckte die Achseln und kramte einen Notizblock aus seiner Tasche. „Warte mal, eben nachschauen, wer diese Woche Dienst hat. Ah, hier, die alte Teschner." Krämer sah Holtkamp an und grinste breit. „Ich dachte, die sei seit zehn Jahren in Pension? Na ja, müsste jetzt so um die fünfundsiebzig sein, die Gute. Und bei den vielen Fällen, die sie verloren hat … die braucht wohl weiter das Geld, um ihr Pflegeheim zu bezahlen. Aber sie nimmt Vorkasse, bar cash, das weiß ich genau."

Der Landwirt starrte verzweifelt auf Holtkamp. „Der will mich doch verarschen, oder?"

Holtkamp zuckte die Schultern.

„Ich will trotzdem einen Anwalt", wiederholte Lehmann unsicher.

„Sie dürfen gerne Rechtsbeistand bekommen, wenn Sie das wünschen", sagte Ingrid. „Aber auch dann werden Sie unsere Fragen beantworten müssen. Bis der Anwalt hier ist, bleiben Sie allerdings in einer Zelle auf dem Revier. Das kann sich einige Tage hinziehen. Wollen Sie das?"

Lehmann knirschte mit den Zähnen und dachte nach.

Krämer hakte nach: „Mit einem einzigen Zeugen bist du auch ohne Anwalt hier schnell wieder raus."

Endlich reagierte Lehmann: „Ich hab' aber keinen Zeugen."

Krämer grinste. „Schade für dich."

Bauer seufzte tief. Sie saßen noch immer vor der Notaufnahme, und soeben hatte er den Fall, den sie bearbeiteten, einigermaßen dargestellt. Auch Annikas Unfall hatte er nicht vergessen, obschon der, seiner Meinung nach, nur ein unbedachter Zufall in der Sache war.

„Tja, Jürgen, jetzt weißt du das Neueste", beendete er seine Zusammenfassung. „Aber jetzt haben wir genug über die Arbeit geredet. Ich hab seit gestern versucht, dich zu erreichen und hätte dich niemals hier erwartet. Was ist passiert?"

Arents lehnte sich auf seinem Stuhl zurück. „Das ist eine lange Geschichte", gestand er müde.

Bauer lächelte. „Ich hab Zeit. Solange Annika da drin versorgt wird ..." Er ließ einige Sekunden vergehen, ehe er weiter sprach: „Lenz hat mir gesagt, du hast dein Abschiedsgesuch eingereicht. Stimmt das?"

Arents dachte nach, dann nickte er. „Es stimmt."

„Und warum? Wieso hast du nicht vorher mit mir darüber gesprochen?"

„Du warst im Urlaub."

„Ich war bei Christiane, die Telefonnummer hast du."

Sein Kollege seufzte. „Es ging alles so schnell. Ich ..., die Ärzte hier haben mich untersucht. Heinz, ich habe Darmkrebs im Endstadium. Sie geben mir noch ein Jahr. Maximal."

Bauer wusste nichts zu erwidern. Er starrte auf den Boden vor sich, diese Neuigkeit war nicht einfach zu verdauen. Es dauerte, ehe er mit belegter Stimme fragte: „Ist das sicher?"

„Leider. Weißt du, ich habe sehr viel nachgedacht in letzter Zeit. Mia mit ihrem chronischen Rheuma, der viele Alkohol über die ganzen Jahre. Ich glaube, es musste so kommen. Der liebe Gott findet wohl, dass ich etwas zu lange hier bin und zu viele Gläser auf sein Wohl getrunken habe."

„Und Mia? Was wird aus ihr?"

„Ich bin dabei, das zu regeln. Sie kommt in ein Heim, soviel steht fest. Ein Jahr habe ich ja noch, da kann ich noch einiges regeln."

Der Hauptkommissar sah ihn von der Seite an. „Trotzdem kannst du mir nicht erzählen, dass das Gesuch deine Idee war. Warum hast du mir vorgestern diese Schachfigur gegeben? Und gesagt, dass sie, wenn sie ihr Ziel erreicht hat, gegen eine andere Figur ausgetauscht wird – wie im wahren Leben."

Arents schwieg.

„Es war nicht deine Idee. Lenz hat dich gedrängt, um seinen Neffen unterzubringen, stimmt's?"

Arents schüttelte vorsichtig den Kopf.

„Belassen wir es dabei, dass es meine Idee war", meinte er leise.

Sein Freund würde ihm nicht glauben, das wusste er. Aber es war ihm sogar egal geworden, was die anderen glaubten oder nicht. Er war abgestumpft und hatte gemerkt, dass die Zeit zu kostbar geworden war, jetzt, wo er wusste, wie schnell sie dem Ende entgegen lief. Was sollte es da noch nützen, Schuldige zu suchen und unwichtige Fragen zu beantworten. Ja, man hatte ihn abserviert, einige Jahre vor der Pension. Er hatte sich sein Leben lang krumm geschuftet, Dienste geschoben, Überstunden gesammelt und nebenbei seine Frau gepflegt. Hatte ihm das etwas anderes gebracht als die vielen Krebszellen, die seinen Leib unaufhaltsam auseinander rissen?

Bauer riss ihn aus seiner Lethargie. „Was ist mit einer Chemotherapie? Haben die Ärzte mit dir darüber gesprochen?"

„Haben sie. Aber, weißt du, ich glaube, ich bin über das Stadium hinaus, wo die Medikamente noch anschlagen werden. Ich hab einen Bericht im Fernsehen gesehen. Warum soll ich mir das Leiden verlängern lassen? Wem helfe ich damit? Mia jedenfalls nicht."

„Vielleicht schlägt die Therapie an."

Arents lachte leise. „Zu spät, Heinz. Mit einer Tasse Wasser kannst du keinen Ameisenstaat vernichten. So sieht's aus." Er schwieg einen Moment, bevor er hinzufügte: „Ich hab mit dem Chefarzt besprochen, dass er mich morgen entlässt. Ob ich allerdings vor nächster Woche wieder fit für den Dienst ..."

„Vergiss es", unterbrach ihn sein Freund. „Du bleibst schön zu Hause. Oder noch besser, du ziehst für ein paar Tage zu uns. Mia ist doch wohl versorgt, oder? Sonst wärst du nicht hier."

Die automatische Tür der Notfallabteilung sprang auf, und Bauer sah den fehlenden Rest seiner Familie auf sich zukommen. Renate hatte Tränen in den Augen. Er stand auf.

„Du hast zur Zeit andere Sorgen", sagte Arents leise. „Aber tu mir noch einen Gefallen: Sag Renate noch nichts, okay?"

Bauer nickte, und Arents verließ ohne weitere Worte die Abteilung.

XIV

Zwei Uniformierte führten Jens Lehmann aus dem Verhörzimmer. Sie hatten ihn unter dem dringenden Verdacht festgenommen, mit dem Mord an Vera Borg, möglicherweise sogar mit dem Tod des Landwirtes Heinrich Jeschke, zu tun zu haben. Er hatte ihre Vorwürfe nicht entkräften können. Mehr noch. Der Fingerabdruck auf Jeschkes Wäschetonne stammte von ihm, das hatte ihnen Minnebusch vor zehn Minuten mitgeteilt. Als sie Lehmann mit dem Ergebnis konfrontierten, stritt er es nicht ab, gab aber an, sich auf dem Schützenfest an einem zerbrochenen Bierglas geschnitten zu haben. Vera Borg hatte ihm ein Taschentuch von Jeschke gegeben, das sie bei sich hatte, und er hatte es später in die Wäschetonne gelegt. Wahrscheinlich war er mit seinem blutigen Daumen an den Deckel der Tonne gekommen, behauptete er. Holtkamp blieb ob der laschen Ausrede skeptisch, auch als Lehmann ihm seinen verletzten Daumen hinhielt. Der junge Beamte versprach ihm, Minnebusch auf die Sache anzusetzen. Die Spurensicherung würde sicherlich leicht feststellen, ob der blutige Abdruck Lehmanns oder Veras DNA enthielt.

Falls sich allerdings herausstellte, dass es tatsächlich Lehmanns Blut war, hatten sie ein Problem. Aber soweit wollte Holtkamp nicht denken. Zunächst hatten sie ihn einkassiert. Bauer würde zufrieden sein und die Presse auch.

„Wo hast du nur so schnell die ganzen Anzeigen her, Tobi?"

Krämer lächelte. „Erichs Erleuchtung. Ich hab ihn und

seinen Vater nach Hause gebracht, nachdem ich mich bei ihm entschuldigt habe. Nach ein paar netten Worten bin ich von diesem Lehmann angefangen. Der Knabe ist sofort darauf angesprungen. Tja, und nach seinem Tipp hab ich mir mal Lehmanns Akte besorgt. Man muss nur tief genug graben, dann findet sich auch Dreck."

„Gute Recherche, Partner", sagte Holtkamp anerkennend.

„War mir 'ne Ehre, Kollegen." Er hieb sich auf die Schenkel und stand auf. „So, und jetzt mach ich mich an Brüssel ran. Ich hab da einen Bekannten beim Zoll, der schuldet mir noch einen Gefallen."

„Eine Sache noch, Tobi." Holtkamp grinste. „Wer ist diese Pflichtverteidigerin Teschner?"

Krämer pfiff leise durch die Zähne und kniff ein Auge zu. „Hab ich was von einer Teschner gesagt? Kann mich nicht erinnern."

Nach einem kurzen Gruß verließ er lächelnd das Zimmer.

Ingrid lachte leise. „Doch gar nicht so übel unser Tobi, oder was meinst du, Alex?"

„Wie sagt unser Kaiser Beckenbauer noch so schön: Schau mer mal."

„Und was machen *wir* jetzt?"

„Wir besorgen uns einen Durchsuchungsbescheid und pflücken Lehmanns Bude auseinander. Wenn wir Zeitschriften mit den ausgeschnittenen Zeilen finden, haben wir ihn. Dann wird er bestimmt alles gestehen."

„Und das Auto von Stefan Eschenbach? Glaubst du, wir können ihm nachweisen, dass *er* die Bremsleitungen durchgeschnitten hat?“

Holtkamp zuckte die Schultern. „Irgendwer hat es getan. Und, du weißt ja, wer tief genug gräbt ...“

Ingrid nickte amüsiert. Ihr Kollege begann sich an Krämer zu gewöhnen. Ein gutes Zeichen, fand sie.

Um kurz nach eins verließ Susanne Eschenbach das Krankenhaus. Ihrem Bruder ging es besser. Schleudertrauma, verschiedene Blessuren und eine satte Gehirnerschütterung, das waren die Diagnosen des überstandenen Autounfalls. Er würde noch am Nachmittag die Intensivstation verlassen. Eine beruhigende Nachricht, fand seine Schwester. Weit weniger beruhigend für sie war, dass an ihrem Wagen herum manipuliert worden war. Für sie war klar: Der Anschlag hatte ihr gegolten und der stoker, der sie seit Wochen bedrohte, musste dahinter stecken. Sie würde alles tun, damit die Polizei herausfand, wer der Typ war.

Als sie die letzten Stufen des Hauses verließ, wurde ihr erst bewusst, dass sie mehr als Glück gehabt hatte. Etwas später, und *sie* hätte an Stelle ihres Bruders im Krankenhaus gelegen. Oder auch nicht. Es war Zufall; er hatte sich ihr Auto geliehen.

Noch voller Gedanken bemerkte sie zunächst nicht den Wagen, der auf sie zusteuerte. Erst als er dicht neben ihr hielt, fuhr sie zusammen.

„Hallo, Susi.“ Der junge Mann hinter dem Steuer lächelte freundlich.

Susanne Eschenbach hob die Augenbrauen. „Du? Was machst du denn hier?“

„Ich hab von dem Unfall gehört, und da dachte ich, ich

hol dich ab. Komm, steig ein. Ich fahr dich nach Hause."

Sie verzog das Gesicht. „Weißt du ..."

„Ach, komm schon. Wir haben den gleichen Weg. Los, steig ein. Es ist kalt."

Susanne Eschenbach nickte verstohlen, ehe sie den Wagen umrundete und auf dem Beifahrersitz Platz nahm.

Alexander und seine Kollegen hatten Lehmanns Hof auseinandergenommen, aber bisher hatten sie außer einigen kopierten Geschichten von Erich Steinbeck nichts gefunden, das Jens Lehmann belasten würde. Keine Zeitschriften, keine blutdurchtränkte Wäsche. Nichts. Und dann kam auch noch Minnebuschs Anruf.

„Die Analyse ist eindeutig", sprach er in Holtkamps Handy. „Das Blut vom Fingerabdruck stammt weder von Vera Borg noch von Herrn Jeschke."

Alex seufzte. „Also ist es Lehmanns Blut?"

„Wissen wir noch nicht. Könnte aber gut sein. In der Wäschetonne hab ich ein blutverschmiertes Taschentuch sichergestellt. Der DNA-Test ist ebenso eindeutig. Und die Blutgruppe stimmt mit dem Fingerabdruck überein."

„Also hatte Jens Lehmann Recht."

„Zumindest klingt seine Version am plausibelsten."

Holtkamp fluchte leise.

„Aber etwas wissen wir über die Zeitungsausschnitte", fuhr Minnebusch fort. „Der Täter war so freundlich, ganze Wörter auszuschneiden und nicht nur einzelne Buchstaben. Das hat die Sache etwas einfacher gemacht. Suchen Sie nach der Zeitschrift *Praline* vom September diesen Jahres. Die Klebereste werden noch untersucht, das dauert noch bis heute Abend."

„Woher wisst ihr das mit der Zeitschrift so schnell?"

„Wir haben die Ausschnitte vorsichtig abgetrennt. Die Fotos auf der Rückseite haben wir dann mit allen möglichen Illustrierten verglichen."

„Aus ihrem privaten Bestand?" Holtkamp schmunzelte.

„Nein, Herr Holtkamp", gab Minnebusch säuerlich zurück. „Ich lese nur Fachliteratur, keinen Porno-Schrott. Schönen Tag noch."

Minnebusch hatte aufgelegt, ehe Holtkamp seinen Abschiedsgruß erwidern konnte.

Er fand Ingrid im Hauptsaal des alten Bauernhofes. Sie schien im erloschenen Kamin etwas zu suchen und durchwühlte mit einem Schürhaken die verbrannte Asche.

„Tja", gestand er, „Jens scheint als Täter wegzufallen. Seine Angabe mit dem blutigen Daumen stimmt zu neunzig Prozent."

„Wer sagt das?" fragte Ingrid und griff sich mehrere verkohlte Zettel aus der Asche.

„Minnebusch. Er hat's mir gerade mitgeteilt." Holtkamp hob eine Augenbraue. „Was suchst du da eigentlich?"

Ingrid rümpfte die Nase und las den Text eines Zeitschriften-Deckblatts, das den Flammen entkommen war.

„September 2004. Noch ganz neu. Jemand hat die Zeitungen zum Anzünden des Feuers benutzt."

„Aha", bemerkte Holtkamp interessiert. Er kniete sich aufgeregt neben sie. „Und welche Zeitung war das?"

„Keine Ahnung. Der Rest der Seite ist verbrannt. Irgendeine Illustrierte."

Holtkamp griff sich das Eisen und stocherte weiter in der

Asche. Ingrid sah ihm amüsiert zu.

„Was hoffst du zu finden, Alex?"

„Den Titel der Zeitschrift", gab ihr Kollege zurück. „Minnebusch weiß, aus welcher Illustrierten die stoker-Nachrichten stammen."

„Ah, ja? Und aus welcher?"

Alex stieß einen Freudenruf aus. Mit spitzen Fingern zog er vorsichtig einen bunten Fetzen Papier aus der Asche und hielt ihn Ingrid vors Gesicht.

„Volltreffer", sprach er erleichtert.

Als sie eine Stunde später wieder auf dem Revier waren und Bauers Büro betraten, kam ihnen ein elegant gekleideter Herr entgegen, der sie keines Blickes bedachte. Holtkamp schloss die Tür hinter ihm und grinste.

„Was wollte denn der Piranha von dir, Heinz?" fragte er amüsiert.

Heinz Bauer teilte seine Stimmung nicht. Er stand vor dem schmalen Fenster seines Büros und schien schlechter Laune zu sein.

„Herr Giehsen hat soeben die Freilassung seines Schützlings erwirkt", gestand er säuerlich.

„Welcher Schützling?"

„Jens Lehmann."

Ingrid verschlug es die Sprache, Holtkamp nicht.

„Er hat was?" rief er. „Wir haben gerade neue ..."

Bauer drehte sich abrupt zu ihm um.

„Ihr habt einen Scheiß, Alex!" fauchte er seinen Assistenten an. „Darf ich erfahren, wer Frau Teschner ist, hm?"

Holtkamp verdrehte die Augen.

„Du sagst nichts dazu“, sprach Bauer mürrisch weiter. „Hatte ich mir gedacht. An eurer Stelle würde ich auch nichts sagen. Wie konntet ihr ...“

„Es war Krämers Einfall“, versuchte sich Ingrid zu wehren.

Bauer winkte ab. „Ist mir egal, wer von euch die Idee hatte. Jedenfalls war sie einfach nur blöd. Wir haben nichts gegen Lehmann in der Hand. Giehsen hat die wenigen Indizien zerrissen.“

„Dieser Rechtsverdreher.“

„Dieser Rechtsverdreher, Alex“, betonte sein Chef, „hat zusätzlich deinen Kollegen Tobias zu einem Disziplinarausschuss eingeladen. Der steckt jetzt voll im Schlamassel.“

„Wegen dieser sexuellen Nötigung?“

„Genau. Ich sag euch, Lenz Neffen sind wir bald wieder los, und ich weiß nicht einmal, ob ich nicht froh darüber sein sollte.“

„Wieso hat Giehsen als Außenstehender mit dieser Nötigungssache zu tun?“

„Weil er der Anwalt von Krämers Kollegin ist, Ingrid, deshalb.“

„Verdammt, Heinz“, polterte Holtkamp dazwischen. „Wir haben gerade neue Indizien gegen Lehmann gesammelt. Auf seinem Hof ...“

„Wer hat euch eigentlich den Durchsuchungsbescheid ausgestellt?“

Holtkamp winkte unwirsch ab und kramte mehrere durchsichtige Tüten aus seiner Tasche, die er seinem Chef vor die Nase hielt.

„Hier“, erklärte er beiläufig. „Die Reste der Illustrierten

werden Lehmann als stoker überführen. Susanne Eschenbach hat uns …"

Bauer hob einen Finger. „Gut, dass du sie erwähnst. Wo ist sie eigentlich?"

Holtkamp wechselte einen überraschten Blick mit Ingrid.

„Wie? Wo ist sie?", fragte er verständnislos.

„Sie hat das Krankenhaus vor mir verlassen", gab Bauer zurück. Erneut verdüsterte sich seine Stirn. „Habt ihr ihr nicht mitgeteilt, dass sie Polizeischutz bekommt?"

„Na, ja", druckste Ingrid herum, als der Hauptkommissar sie strafend ansah. „Nicht direkt."

„Super. Ihr habt die Sache echt im Griff", polterte Bauer weiter. „Das darf doch wohl nicht wahr sein."

Er stolperte zu seinem Bürostuhl und ließ sich seufzend auf den Sitz nieder.

„Die ist bestimmt bei ihrem Vater", versuchte Holtkamp ihn zu beruhigen.

„Dann ruf ihn doch an", bemerkte sein Chef zynisch. „Ich hab es schon versucht. Fehlanzeige, da ist sie nicht. Und über ihr Handy ist sie nicht erreichbar und bei ihrem Privatanschluss meldet sich nur der Anrufbeantworter. Und jetzt frag ich dich: Wo ist sie?"

Die letzten Worte bohrten sich bitterböse in Holtkamps Ohren. Sein Chef war stocksauer. Und es war besser, jetzt kein Wort mehr über Lehmann als Tatverdächtigen fallen zu lassen.

Wenig später saßen Heinz Bauer und Tobias Krämer in Eschenbachs Büro. Die Sekretärin hatte sie hereingebeten und Eschenbach entschuldigt. Er sei noch in einer wichtigen Besprechung. Bauer nahm die Tasse Kaffee gerne an, die sie ihm bot.

Als sie wieder alleine waren, warf er einen langen Blick durch die deckenhohen Fenster des Bürokomplexes. Eschenbach schien mit seiner Firma gute Gewinne zu erzielen. Tobias hatte die Zeit genutzt und einige Informationen über die Firma zusammengetragen. Demnach schrieb der Eschenbachkonzern seit Jahren schwarze Zahlen, auch, und vor allem, mit Hilfe von Landesmitteln, die aus etlichen Quellen flossen. Aber das war ein Thema, an dem Heinz Bauer weniger interessiert war. Ihn beschäftigte vielmehr die Sorge um Susanne Eschenbach. Trotz einer eilig einberufenen Suchanforderung an alle Streifenwagen hatte er das Gefühl, sie nicht einfach durch Zufall wieder zu finden. Insgeheim hatte er das Gefühl, dieser unbekannte Drohbriefschreiber sei der Urheber der ganzen Misere. Und seiner Meinung nach war das weder Jens Lehmann noch Erich Steinbeck. Es musste eine andere, bisher in dem Fall noch nicht erwähnte Figur sein, die weiterhin Fäden sponn. Und das schmeckte dem Hauptkommissar am allerwenigsten.

Sie waren wieder ganz am Anfang. Alle Spuren hatten sich verflüchtigt und den Fall überhaupt nicht vorangebracht. Ganz im Gegenteil. Sie liefen der Zeit hinterher.

„Herr Bauer, da war nichts, das müssen Sie mir glauben." Krämers leise Stimme riss ihn aus seiner Betrachtung. Noch ehe er seinem Mitarbeiter die Frage stellte, wusste er, worüber Tobias mit ihm reden wollte.

„Was meinst du?"

„Dieser angebliche Übergriff." Krämer starrte auf seine Hände und rieb sie sich. „Ich habe Madeleine in jener Nacht nicht angepackt. Sie hat sich die Geschichte zusammengereimt."

„Dann hast du ja nichts zu befürchten", gab Bauer knurrig von sich und wandte seine Aufmerksamkeit wieder dem Fenster zu.

„Sie glauben mir nicht, oder?"

„Was ich glaube, geht nur mich etwas an", bemerkte der Hauptkommissar. „Wichtig wird sein, was der Staatsanwalt denkt. Und da bist du bei Giehsen an einen wahren Steinmetz gekommen. Der hat so seine Methoden ... Na ja, wirst es ja merken."

„Mein Onkel meint ..."

Bauer unterbrach ihn unwirsch. „Dein Onkel wird dir dabei nicht viel nützen. Ich kenne Giehsen. Bei internen Angelegenheiten versteht der keinen Spaß."

„Das ist kein Spaß!", widersprach Krämer gereizt. Bauer verzog das Gesicht.

„Gut, dass du das einsiehst, mein Junge."

In diesem Moment öffnete sich die Doppeltür des Raumes und Eschenbach erschien. Mit ernster Miene schritt er zu den beiden Beamten und schüttelte ihnen die Hände, bevor er sich auf einen Sessel setzte. Die angespannte Haltung spiegelte seine innere Unruhe wider.

„Haben Sie schon etwas von ihr gehört?"

Bauer verneinte. „Wir haben eine Fahndung ausgeschrieben, Herr Eschenbach. Bisher allerdings ohne Erfolg."

Eschenbach räusperte sich verlegen. „Vorhin, am Telefon; Sie sagten, Sie haben noch ein paar Fragen an mich?! Wie kann ich Ihnen helfen?"

„Wussten Sie, dass Ihre Tochter Drohbriefe erhielt?"

„Nein. Ich habe es erst von Ihnen gehört, als sie mich am Telefon darüber informierten. Bis dahin hatte ich keine Ahnung von den Briefen."

„Nun, jetzt wissen Sie davon und Sie hatten etwas Zeit, darüber nachzudenken. Ist Ihnen inzwischen jemand eingefallen, der hinter den Briefen stecken könnte?"

Eschenbach schüttelte betrübt den Kopf. „Nein, bedaure. Hat der Unbekannte meine Tochter erpresst?"

„Das nicht. Zumindest hat er kein Geld von ihr gefordert. Er drohte allerdings damit, sie bei nächster Gelegenheit …" Bauer brach seinen Satz ab. „Wir gehen davon aus, dass der Unbekannte in Zusammenhang mit dem Doppelmord Borg-Jeschke steckt."

Sein Gegenüber hob die Augenbrauen. „Verstehe."

„Diese Windkraftanlagen", mischte sich Krämer ein. „Wir haben Informationen, dass Sie erst vor ein paar Monaten den Auftrag aus Estland erhielten. Davor lagerten die Anlagen aber bereits ein halbes Jahr in Jeschkes Scheune. Lagern Sie die Sachen immer so lange im Voraus?"

Eschenbach lächelte. „Nein. Das können wir uns nicht leisten."

„Also waren die Anlagen für etwas anderes bestimmt?"

Der Fabrikant nickte. „Ich bin Geschäftsmann. Wenn ein Auftrag kommt, hole ich mir ein Angebot herein. Dann kaufe ich und verkaufe am liebsten am gleichen Tag."

„Und warum nicht die Anlagen? Windkraft steht doch bei unserer Regierung hoch im Kurs."

„Das stimmt, Herr Krämer. Aber es gibt inzwischen einige widrige Auflagen. Vor einem Jahr konnte man auf einem drei Hektar großem Gelände vier oder mehr Windräder aufstellen. Es war gängige Praxis, Windparks zu stückeln, um so das Bundesimmissionsschutzgesetz zu umgehen. Danach dürfen nur ein bis zwei zusammenhängende Windräder nach einfachem Baurecht genehmigt werden."

„Wer sagt so etwas?"

„Das Bundesverwaltungsgericht hat ein Urteil darüber herausgegeben. Und die Oppositionspartei unserer Regierung sieht sich gerne als Bremse der erneuerbaren Energie." Eschenbach lächelte schwach. „Auch wenn sie es nicht gerne hören."

Bauer schaltete sich ein. „Vor Estland hatten Sie also in Betracht gezogen, diesen Windpark hier anzulegen?"

„Ja. Genau hier, vor den Toren Horstmars. Leider machte uns eine Umweltverträglichkeitsprüfung einen Strich durch die Rechnung. Das Projekt wurde gerichtlich gestoppt." Bauers Gegenüber zuckte die Schultern. „An der Absage war nicht zu rütteln, trotz rechtlicher Bemühungen. Daher mussten wir die Sache einfrieren. Zum Glück kam fast zeitgleich die Anfrage aus Brüssel. Eine Woche später und wir hätten die ersten Bauarbeiten begonnen. Tja, so ist das manchmal im Leben."

„Und dann sind Sie an Brüssel herangetreten?"

Eschenbach lächelte. „Sagen wir mal, das Projekt überschnitt sich mit dem Auftrag. Es war eine interne Absprache zwischen unserem Wirtschaftsminister und mir."

„Das deckt sich mit den Angaben von meinem Bekannten beim Zoll", bemerkte Krämer.

Der Fabrikant starrte ihn verblüfft an, ehe er nachhakte: „Sie haben sich Auskünfte geholt?" Entrüstet setzte er hinzu: „Wie darf ich das verstehen?! Spionieren Sie mir etwa nach?"

„Nein“, gab Bauer zurück. „Wir suchen nach einem Motiv für einen Doppelmord und da machen wir auch vor Ihren Geschäften mit Brüssel nicht Halt. Sie werden verstehen, dass wir alle noch so kleinen Indizien überprüfen müssen.“

„Wollen Sie meine Geschäftsunterlagen einsehen?“ Eschenbach fuhr sich mit der Hand über die Stirn. „Wenn es das ist, was Sie wollen, so ...“

Er griff zum Telefon, doch Heinz Bauer unterbrach ihn.

„Nicht doch, Herr Eschenbach. Ich denke nicht, dass das nötig sein wird. Wenn, dann kommen wir darauf zurück.“ Er hieb sich auf die Unterschenkel und warf seinem Assistenten einen Blick zu. „So, ich denke, das war's fürs erste.“

Krämer hob eine Hand. „Eine Frage hätte ich noch, Herr Eschenbach.“

„Ja, bitte?“

„Ihr ehemaliger Fahrer, Jens Lehmann; Sie haben eine Anzeige gegen ihn erstattet?“

„Das stimmt.“

„Würden Sie uns den genauen Grund erklären?“

„Lehmann hat einige Papiere kopiert, die unter Verschluss waren. Es gibt gewisse Firmen, die viel Geld zahlen würden, um an solche Kopien zu kommen.“

„Darf man das als Werksspionage deuten?“

Erneut setzte Eschenbach ein Lächeln auf. „Ein hartes Wort. Aber wenn Sie es so nennen wollen, meinetwegen.“

„Was für Papiere waren das?“

Krämers Frage brachte den Fabrikanten zum Grübeln. Schließlich nickte er verstohlen.

„Ich denke“, sagte er, „jetzt darf ich darüber reden. Es handelte sich um Frachtaufträge mit einer Firma in Estland.

Darüber hinaus einige persönliche Briefe aus dem Außenministerium und vorzeitig ausgefüllte Frachtbriefe."

Krämer runzelte die Stirn. „Und die sollten keine Runde machen?"

„Jedenfalls nicht intern in unserer Firma, solange der Auftrag nicht unter Dach und Fach war. Und das war er zu dem Zeitpunkt noch nicht."

„Wer hat den Zuschlag für die Verlegung der Windkraftanlagen bekommen?"

„Eine estländische Spedition. Es war kostengünstiger."

„Und hat nebenbei Lehmanns Stelle gekostet", knurrte Krämer leise.

„Deshalb habe ich ihn nicht entlassen, Herr Krämer." Eschenbach stutzte. „Wollen Sie andeuten, dass Jens Lehmann etwas mit den Morden und dem Verschwinden meiner Tochter zu tun haben könnte?"

Bauer hob beschwörend beide Hände. „Wir deuten nie etwas an, Herr Eschenbach. Wir verlassen uns auf Indizien und Spuren. Zur Zeit wird Herr Lehmann von uns nicht als möglicher Täter in Betracht gezogen."

„Haben Sie dann jemand anderes als möglichen Täter?"

Der Hauptkommissar zuckte diskret die Schultern und verließ, nach einem kurzen Gruß, mit Krämer Eschenbachs Büro.

Als sie das Auto auf dem kleinen Vorplatz der Firma erreichten, warf Krämer einen Blick zurück.

„Was 'n Arsch", sagte er erbost. „Da botet er seine eigenen Fahrer aus, weil so'n paar Fuzzies aus Estland billiger sind, und wenn einer die Wahrheit kopiert, schickt er ihm 'nen Anwalt auf den Hals. Finden Sie das in Ordnung?"

Bauer war schon eingestiegen.

„Was ich in Ordnung finde oder nicht, dürfte dich nichts angehen."

Krämer öffnete die Beifahrertür und sah Bauer an. „Würden Sie auf die Idee kommen, nur weil hier 'n Araber ermordet wird, uns auszubooten und die arabische Polizei einzuschalten?"

Sein Vorgesetzter sah ihn streng an, und Krämer verstand die unausgesprochene Warnung.

„Schon gut", murrte er. „Ich ziehe die Frage zurück. Scheint, als hätten Sie auch so genug Ärger wegen mir."

Dann stieg er ein.

XV

Der Raum war eng, feucht und alles andere als gemütlich. Aber das hatte Susanne Eschenbach auch gar nicht erwartet. Ein Holzschuppen irgendwo auf einem freiliegenden Acker würde nie das Ambiente ihres feudal eingerichteten Wohnzimmers besitzen.

Sie hatte seit geraumer Zeit versucht, das schmale Tor aufzudrücken. Doch das Schloss auf der anderen Seite hatte nicht nachgegeben. Dann hatte sie die Hütte nach einer anderen Möglichkeit durchsucht, um heraus zu kommen. Aber auch hier boten die dicken Eichenbretter und die gemauerten Steine eine unüberwindbare Hürde, die noch zu der Eisenkette hinzukam, die ihr der Typ um ein Fußgelenk gemacht hatte. Sie saß fest, und das wohl solange, wie es ihrem Entführer gefiel.

Kein Laut drang seit einer halben Stunde an ihre Ohren. Der Acker befand sich weit außerhalb jeglicher Zivilisation. Jakob hatte den Standort gut ausgewählt, das musste sie anerkennen. Aber damit hörte es auch schon auf. Er hatte sie nicht gerade sanft angefasst, als er sie hier unterbrachte. „Du wirst schon sehen, was du davon hast!“, hatte er gemeint, bevor er davonfuhr. Ihr wurde bewusst, dass Jakob der stoker sein musste, der sie seit Wochen mit Drohbriefen überschüttete und ihren Wagen manipuliert hatte. Aber warum?

In ihre Überlegungen vernahm sie das Geräusch eines Automotors, und wenig später hielt der Wagen dicht neben der Hütte. Dann knirschte ein Schlüssel im Vorhängeschloss, und Jakob trat ins Innere. Leise zog er die Tür hinter sich zu.

„Hey, Susi, bist also noch da“, bemerkte er schmunzelnd und stellte einen Korb auf den Boden.

„Witzig!“, erboste sich die Angesprochene mit zornbebender Stimme und zeigte auf die dicke Kette an ihrem Fußgelenk. „Wo soll ich denn hin, hm?!“

„Auch wieder wahr.“

Jakob schob ihr den Korb mit einem Fuß hinüber.

„Hier, ist was zu Essen drin.“

„Keinen Hunger.“

„Wie du willst.“

Er drehte sich zur Tür zurück. Susanne Eschenbach kam ihm zuvor, als sie merkte, dass er wieder fort wollte.

„Jakob, warte“, sagte sie und stand auf.

„Was noch?“

„Was willst du von mir?“ fuhr sie fort. „Was soll das ganze Theater bedeuten?“

„Das fragst du noch?“ Seine Stimme bekam einen launischen Unterton, und als er sich zu ihr umdrehte, loderte ein katzenähnlicher Ausdruck auf seinen Gesichtszügen. Eindringlich betonte er: „Du fragst mich, was das hier bedeutet?“

Sie nickte ängstlich.

„Hast du die Bremsen von meinem Wagen durchgeschnitten?“, begann sie vorsichtig.

Der Landwirt zuckte die Schultern. „Um deinen Bruder tut‘s mir Leid“, gestand er. „Hoffe, dem ist nicht viel passiert. Wie geht’s ihm?“

„Und die Briefe“, wich sie aus. „Sind die von dir?“

Jakob lachte auf. „Allerdings. Hast sie alle bekommen, hoffe ich. War ‘ne Menge Arbeit.“

„Aber“, stotterte sie weiter, „aber wieso das alles? Das

verstehe ich nicht. Was hab ich dir getan?"

Da holte er tief Luft und sprach betont langsam: „Meine liebe Susi. Hat es dir die Sprache verschlagen? Und deine famosen Ideen hast du wohl auch ganz vergessen?"

„Welche Ideen?", fragte sie verblüfft.

„Weißt du es wirklich nicht mehr oder stellst du dich jetzt doof?", fragte er lauernd. „Vier Morgen Land, sag ich nur."

Sie sah ihn überrascht an.

„Vier Morgen was?"

„Du scheinst es tatsächlich vergessen zu haben", fuhr Jakob fort. „Na gut, helfe ich deinem Gedächtnis mal auf die Sprünge. Letztes Jahr im Sommer, da hast du mir das Angebot mit diesem Windpark gemacht. Sei ein todsicheres Geschäft, hast du gesagt. Und ich Idiot hab das Geld reingesteckt. Erst in deine beschissenen Fondsanteile und dann in das Projekt. Weißt du, wieviel Geld ich dafür aufgenommen hab?"

Sie stöhnte. Auf einmal fiel ihr alles wieder ein.

„Ja, du hast es mir damals erzählt."

Jakob tat so, als hätte er ihre Worte überhört. „Zwei Millionen Euro. Und dann verkauft ihr die ganze Sache nach Estland, weil ihr keine Genehmigung kriegt. Ist ja auch am einfachsten. Aber nicht für mich. Der Hof meiner Eltern ist nicht nur verschuldet, ich bin bankrott. Weißt du, was das heißt? Bankrott?" Er rümpfte die Nase. „Ach nein, so 'ne Tusse wie du kennt das ja nicht. Ihr schreibt ja nur schwarze Zahlen, was. Mit dem Geld anderer Leute. Aber auch auf Kosten der Dummen, die in eure Scheißfirma investieren. Ich hab mal nachgefragt: Deine Fonds will keiner mehr haben. Die sind nicht mal das Papier wert, auf dem sie gedruckt sind."

„Das stimmt nicht", erwiderte Susanne.

Jakob ging gereizt einen Schritt auf sie zu. „Du! Pass bloß auf! Du hast einen Vertrag unterschrieben, dass ihr den verdammten Windpark auf meinem Acker bauen wollt. Zehn Räder sollten da hin, hast du versprochen."

„Das Gericht hat ..."

„Komm mir nicht damit!", schrie er erbost. „Von dieser dämlichen Umweltverträglichkeitsprüfung hast du doch vorher schon gewusst!"

Er rieb sich mit dem Hemdsärmel den Schweiß von der Stirn und stieß nach: „Und du hast mir nichts gesagt! Hast mich fein unterschreiben lassen, mich ans Messer geliefert!"

„Du hättest das Geld zurückzahlen können."

Jakob sah sie finster an. „Womit denn? Das Scheißgeld steckt doch in deinen Wertpapieren, die keiner mehr haben will. Und einen verschuldeten Hof will erst recht keiner kaufen. Ich wüsste nicht mal, ob meine Eltern das überleben würden, wenn ich ihnen sage, dass ich sie in irgendein Altersheim stecken muss."

Ihm fiel etwas anderes ein, und lauernd fragte er: „Weiß dein Vater eigentlich von deinen Zusatzgeschäften?"

Susanne Eschenbach verzog beleidigt das Gesicht. „Ich weiß gar nicht, was du meinst."

„Was ich meine? Dass du heimlich Immobilienfonds von einem nicht genehmigten Windpark an finanzschwache Bürger verscherbelst, das mein ich. Und jetzt komm mir nicht, dass ich der Einzige bin, der auf dich reingefallen ist."

Sie verschränkte ohne ein weiteres Wort die Arme vor der Brust.

„Tja, scheint wohl nicht so zu sein", sagte Jakob hämisch. „Wieviel zahlt dir der Immobilienhai denn an Provision? Oder fließt das ganze Geld in deine Tasche? Lohnt es sich, seine Freunde dafür reinzulegen?"

„Ich hab dich nicht reingelegt", gab sie hochmütig zurück.

„Ach, entschuldige. Hab ich dich beleidigt? Das wollte ich nicht." Seine Worte klangen ironisch. „Jedenfalls bleibst du solange hier, bis dir eingefallen ist, wie ich meine zwei Millionen zurück kriege."

Er wandte sich erneut zur Tür. Ihre Frage hielt ihn auf. „Hast du deshalb Vera und ihren Großvater ermordet? Nur weil ich dich angeblich reingelegt habe?"

„Was soll das denn?", gab er frostig zurück. „Willst du mir jetzt den Mord an den beiden unterjubeln? Du bist wohl nicht ganz dicht."

„Du warst nach dem Schützenfest mit mir auf Jeschkes Hof. Ich hab doch selber gesehen, dass Vera und du euch auf dem Weg dahin gestritten habt."

„Ja – und weißt du worüber? Sie war an meiner Geschichte interessiert. Dieser Windpark. Ich hab ihr einiges erzählt. Aber nicht alles."

„Auch, dass du Jens heimlich überredet hast, diese Kopien zu machen?"

Jakob lächelte bitter. „Den brauchte ich nicht zu überreden. Der fand es schlimm genug, dass ihr den Speditionsauftrag an eine estländische Firma vergeben habt, um eure eigenen Fahrer auszubooten. Hat euch drei Stellen gekostet. Aber das fällt in der heutigen Zeit ja kaum auf, nicht wahr. Was sind schon drei Familien mehr, die ihr Essen nicht mehr bezahlen können. Bei der hohen Arbeitslosenzahl ein

Witz, oder?!“

Er drehte sich um.

„Nein“, gestand er, bevor er die Hütte verließ. „Ich hab Vera und den alten Jeschke nicht auf dem Gewissen. Schlaf schön, bis Morgen.“

Susanne Eschenbach hörte den Schlüssel im Vorhängeschloss, und leise schluchzend wischte sie sich die Tränen aus den Augenwinkeln.

Als Jakob sich zum Auto wandte, wartete eine Person auf ihn, der er lieber aus dem Weg gegangen wäre.

„Was willst du, Erich?“, knurrte er missmutig, während er den Wagen aufschloss.

„W… warum sch… schließt du die Hütte ab?“, stotterte Erich Steinbeck. Sein Gesicht verriet Neugier.

„Geht dich nichts an“, gab Jakob kurz angebunden zurück. „Verschwinde.“

„Ha… hast du was v… versteckt?“ Erich ließ nicht locker. Ahnte er etwas von Jakobs Geheimnis?

Der junge Landwirt sah ihn mit verschlossener Miene an. Erich war schon immer neugierig gewesen.

„Und wenn schon; was geht's dich an?!“

„Is… sie hübsch?“

Jakobs Gesicht wurde puterrot. „Du hast sie gesehen?!“ Er öffnete die Wagentür. „Hör mal, Erich, kannst du ein Geheimnis behalten?“

„K… klar!“, rief sein Gegenüber erfreut.

„Siehste, ich auch.“

Damit ließ er ihn stehen, stieg in sein Auto und brauste davon.

Während sich der aufgewirbelte Ackerstaub langsam senkte, ballte Erich die Hände.

„N... na warte“, murmelte er wütend.

Im aufgewirbeltem Staub glänzte die Sonne wie ein matt schimmerndes Feuer. Unwillkürlich griff Erich in seine Hosentasche. Die Streichhölzer waren da, sie waren immer da gewesen. Was würde sein Held in dieser Situation tun?

Erich blickte auf die Hütte. Er spürte eine innere Spannung in sich. Das Geheimnis musste eines bleiben.

Vorsichtig zog er die Zündhölzer aus der Tasche. Das glänzende Sonnenlicht legte sich auf seine Hand, und er verstand, was das Zeichen bedeutete.

Bauer hob die Hände. Ingrid und Holtkamp waren seit Minuten dabei, sich ihre Fahndungsmisserfolge zuzuschieben. Das Gespräch war zu einem Streit eskaliert, und es wurde Zeit, dass er die Sache unterband.

„Herrschaften, so geht das nicht!“ rief er überlaut. Ingrid verzog das Gesicht, während ihr Kollege wütend die Hände vor der Brust verschränkte und demonstrativ in eine andere Richtung blickte.

Sie hatten sich im Besprechungszimmer eingefunden, um die Entwicklungen in dem Doppelmordfall zu sichten. Heinz Bauer hatte durch den Krankenhausbesuch eine Lücke in seinem Wissen um den Tatbestand entdeckt. Den galt es auszumerzen, wollte er nicht den kompletten Überblick verlieren. Aber seine beiden Mitarbeiter hatten durch ihre aufkommende Gereiztheit der sachlichen Weitergabe ihrer Informationen nur geschadet. Der einzige, der bisher noch gar nichts gesagt hatte, war Tobias Krämer, der in Gedanken versunken am anderen Ende des Tisches dem Streitgespräch seiner Kollegen zuhörte.

Bauer erhob sich und schritt zur Magnettafel hinüber, an der mehrere Tatortfotos, Zeitungsausschnitte und Namen hingen. Alle Spuren, die sie bisher in dem Fall zusammengetragen hatten waren inzwischen wie Luftblasen zerplatzt. Jeschkes Abschiedsbrief – echt und von ihm selber verfasst; der Fingerabdruck auf der Wäschetonne – von Minnebusch untersucht und eindeutig Lehmann zugeordnet; der Mageninhalt in Jeschkes Toilette – Postbote Ulrich Reimann. Und die aus Lehmanns Aschenresten geretteten Illustrierten würden bei Giehsen nur ein müdes Gähnen hervorlocken. Es gab also nichts, das bei Staatsanwalt Roberts für ein beruhigendes Polster sorgen würde. Ganz im Gegenteil. Mit der unauffindbaren Susanne Eschenbach hatten sie ein dickes Problem mehr auf ihrer Ermittlungsskala.

„Also", begann er. „Wir sind wieder ganz am Anfang. Das tut weh, wenn man rückblickend bemerkt, dass von den Indizien und Spuren, die wir hier haben, nichts geblieben ist und sich alles in Luft aufgelöst hat. Wir brauchen einen neuen Ansatz, und das möglichst schnell."

Holtkamp verzog den Mundwinkel.

„Na, klar", bemerkte er ironisch. „Die wachsen ja auch wie Äpfel an einem Baum. Vielleicht kann uns der allseits beliebte Herr Oberklug aus Duisburg endlich mal weiterhelfen, statt nur dumme Torpedos loszulassen."

Bauers Augen richteten sich auf Krämer. Eigentlich hatte er den jungen Rebellen noch vor einer Stunde zurückschicken wollen, doch Lenz hatte ihm die Idee mit netten Worten ausgeredet.

Er seufzte. „Tja, Tobias. Dein Rat wird verlangt."

Krämer nickte beiläufig und schlürfte an seinem Kaffee. Langsam zog er sich einen Zigarillo aus einer Packung und entzündete ihn. Holtkamps Einwand des Nichtraucherraumes überhörte er geflissentlich.

„Bevor ich euch meine Weisheit kund tue", sagte er nach einem tiefen Zug, „möchte ich noch eine Sache klarstellen."

Bauer hob eine Augenbraue. „Und die wäre?"

„Ich habe meine Kollegin weder sexuell noch anders genötigt", betonte sein Mitarbeiter. „Dieses Disziplinarverfahren gegen mich wird meine Unschuld beweisen. Wenn es zu Ende ist, und ich denke, die ganze Angelegenheit ist in zwei Tagen überstanden, ist die Sache vom Tisch. Für mich und hoffentlich auch für euch. Ich habe ein paar Böcke in eure Ermittlungen geschossen. Das tut mir Leid, aber ich kann sie nicht wieder rückgängig machen. Wie gesagt; zwei Tage noch, dann seid ihr mich wieder los."

„Ist doch ein Angebot", knurrte Holtkamp leise.

„Und jetzt zu meiner Weisheit", fuhr Krämer unbeeindruckt fort. „Wir suchen noch immer nach dem Täter im Doppelmord Borg-Jeschke. Jens Lehmann ist es nicht, Erich Steinbeck auch nicht. Die drei Mechanikerjungs sind ebenfalls aus dem Rennen. Und, mit Verlaub gesagt, einen möglichen Unfalltod von Vera durch Jeschke und einen Selbstmord des Bauern halte ich für kompletten Unsinn."

„Und wer war es dann, Herr Neunmalklug?", fauchte ihn Holtkamp von der Seite an. Ihm ging die Überheblichkeit seines Kollegen an die Nerven. Die wenigen Sympathien der letzten Tage hatte sich dieser bei ihm längst wieder verscherzt.

„Der fünfte Mann“, gestand Krämer nach einem weiteren tiefen Zug an seinem Zigarillo. Seine Worte ließen die drei erstarren. Selbst Bauer wechselte seinen Platz und setzte sich zurück an den Tisch.

„Welcher fünfte Mann?“, hakte er interessiert nach.

„Unser Kollege liest zuviel Henning Mankell“, brummelte Holtkamp, doch sein Chef unterbrach ihn mit einer Handbewegung.

„Es waren fünf junge Männer“, erklärte Krämer, „die mit Vera Borg und der Eschenbach das Schützenfest verließen. Vier davon kennen wir. Jens Lehmann und die Lehrlinge Marek, Martin und Lukas. Aber den fünften haben wir noch nicht unter die Lupe genommen.“

Bauer stöberte nervös in den Unterlagen, die er vor sich hatte.

„Stimmt“, gestand er leise. „Wer ist der fünfte?“ Er sah seine Kollegen an.

Alexander Holtkamp zuckte die Achseln, und auch Ingrid schüttelte betreten den Kopf.

Da zog Krämer genüsslich einen Zettel aus seinem Jackett und warf ihn beiläufig auf den Tisch.

„Sein Name ist Jakob Herbolt“, erklärte er. „Der Sohn von Jeschkes Nachbarn. Ich habe ein paar interessante Informationen über ihn erhalten. Er hat vor einem halben Jahr den Hof seiner Eltern derart mit einem Kredit belastet, dass er nicht mehr zu retten ist. Und die stolze Summe von zwei Millionen Euro hat er in staatlich geförderte Windparkfonds gesteckt. Leider ist die Sache vor einigen Monaten geplatzt. Aber das Beste zum Schluss.“ Krämer lehnte sich auf die Tischplatte. „Initiator der Fonds ist niemand anderes als die Eschenbach & Co AG, in diesem Fall Susanne Eschenbach."

Die Ohren seiner Kollegen hingen an seinen Lippen. Er genoss die Aufmerksamkeit.

„Das Töchterchen macht heimlich Geschäfte", fuhr Krämer fort. „Mit einer Rendite von sieben Prozent becirct sie arme Bauern und steckt sich deren Geld in die Tasche. Es hätte gut gehen können, wenn der Windpark in Horstmar gebaut worden wäre. Doch vor dem *wäre* steht das *gebaut.* Und der Vertrag mit Estland."

„Wie hat er davon erfahren?", wollte Ingrid wissen.

„Die ausländischen Kennzeichen an den LKW's", antwortete Krämer. „Seine Mutter hat dir gesagt, dass er davon gesprochen hat. In seiner Panik hat er seinen Freund Jens losgeschickt. Der hat ein paar Kopien von dem Auftrag und den Frachtpapieren gemacht, und danach tauchen die ersten Drohbriefe auf. Ich halte den Geldverlust für ein glasklares Motiv."

Holtkamp schnaubte verächtlich. „Schönes Motiv. Aber wieso dann Vera Borg und den alten Landwirt? Warum bringt er nicht gleich die Eschenbach um?"

„Was nicht ist, kann noch werden", murmelte Bauer unkonzentriert. Krämers Worte hatten ihn nachdenklich gestimmt. Seine Theorie klang plausibel und logisch. Nur, wie war sie zu beweisen?

„Ich frage noch einmal", sprach Holtkamp mit Nachdruck. „Wieso hat er die Borg erstochen, wenn er sauer auf Susi Eschenbach ist, hm? Das ergibt für mich keinen Sinn."

„Die ganze Sache macht keinen Sinn", erklärte Krämer, während er seinen Zigarillostummel ausdrückte. „Das einfachste wird sein, wir schnappen uns diesen Jakob, ehe noch mehr passiert. Er ist, meiner Meinung nach, der einzige, der weiß, wo Susi Eschenbach steckt."

Holtkamp lehnte sich zurück und murmelte: „Wen interessiert deine Meinung."

XVI

Von Herbolts Hof aus war Jeschkes Haus gut zu erkennen, obwohl das Anwesen gut hundert Meter entfernt war. Heinz Bauer starrte durch die matte Scheibe des Küchenfensters hinüber und hörte nur mit einem Ohr zu, was Ingrid dem älteren Ehepaar über ihren Sohn erzählte. Erna bestätigte, dass ihr Sohn in jener Mordnacht spät vom Schützenfest wiedergekommen war. Aufgewühlt sei er gewesen und leicht betrunken. Als Ingrid ihr von den Vorwürfen gegen Jakob berichtete, nickte sie nur stumm mit Tränen in den Augen. „Er ist ein guter Junge", betonte sie nur immer wieder. Dass er den Hof mit einem hohen Darlehen belastet hatte, schien sein Ansehen als Sohn nicht zu schmälern. Ganz im Gegenteil. Franz Herbolt, sonst eher zurückhaltend, lobte die Idee seines Sohnes in höchsten Tönen und es klang fast so, als hätte er alles auch so gemacht.

„Wo ist er jetzt?", mischte sich Bauer irgendwann in das Gespräch ein.

Der Landwirt schob eine Hand auf die Schulter seiner Frau. Sie saß mit Ingrid zusammen am Tisch und wischte sich Tränen aus den Augen.

„In der Vereinskneipe seiner Schützen", gestand er mit belegter Stimme.

„Wie heißt die?"

„Kruiperjahn, mitten in Leer." Tonlos fragte er weiter: „Werden Sie ihn jetzt festnehmen?"

„Wir nehmen ihn mit aufs Präsidium", gab Bauer zurück. „Dort wird er eine Weile bleiben müssen. Es wäre gut, wenn

Sie ihm eine Tasche mit Sachen zusammenpacken, Frau Herbolt."

Ihre rot geränderten Augen legten sich auf Bauers Gesicht. „Wie lange werden Sie ihn festhalten?"

Bauer seufzte. „Das kann ich noch nicht sagen. Wenn sich der Verdacht gegen ihn erhärtet, wird er dem Haftrichter vorgeführt. Was dann mit ihm wird, hat der zu entscheiden."

„Er ist unschuldig, Herr Kommissar."

„Kann sein, Frau Herbolt", sagte Bauer. „Solange wir seine Aussage nicht kennen, ist er das auch für uns. Im Zweifel immer für den Angeklagten."

Nach einer kurzen Verabschiedung verließen die beiden Beamten die kleine Küche und ließen ein konsterniertes Ehepaar zurück, deren Hoffnung auf ihren bis dahin unfehlbaren Sohn arg gelitten hatte.

Der Kruiperjahn war einfach zu finden. Kurz nach der Abzweigung zu Jannings Quell lag die kleine Kneipe direkt an der einzigen Hauptdurchquerung der Ortschaft Leer. Da der Parkplatz vor dem Haus brechend voll war, musste Holtkamp den Wagen gegenüber an der Straße parken. Als die vier Beamten ausstiegen und auf die Gaststätte zuliefen, drang der Gesang eines vielstimmigen Chores aus dem angrenzenden Vereinssaal.

„Tja, schade um die gute Stimmung", bemerkte Bauer vor dem Eingang, ehe er seine Kollegen ermahnte, die Sache ruhig und besonnen anzugehen. Holtkamp lag ein bissiger Zusatz für Krämer auf der Zunge, aber er schluckte ihn hinunter.

Der Vereinssaal war proppenvoll. Überall drängelten sich Personen an die schmalen Tische, tauschten Plätze oder liefen teils hastig in Richtung der Toiletten. Der Chor hatte das Singen beendet und den Platz auf der kleinen Bühne für den Vereinsvorsitzenden geräumt. Bevor dieser seinen Jahresbericht loswerden konnte, sorgte ein stetig wachsendes Stimmengewirr für eine fast ohrenbetäubende Unruhe.

Bauer und seine Kollegen fielen zunächst niemandem besonders auf. Der Hauptkommissar hatte Mühe, die Vorgehensweise an die anderen weiterzugeben. Zu sehr verzerrten die vielen lauten Wortfetzen seine Stimme. Natürlich wusste niemand von ihnen, wie sie Jakob Herbolt erkennen konnten. Schließlich entschied sich Heinz Bauer, den Vortrag des Vereinsvorsitzenden noch ein wenig zu verschieben und seinerseits das Mikrofon zu benutzen. Mit Mühe gelang es ihm, bis zur Bühne durchzukommen, während die anderen drei den einzigen Ausgang zur Schankwirtschaft besetzt hielten.

Wilhelm Schmitz lag ein derber Verweis auf der Zunge, doch als Heinz Bauer ihm seinen Dienstausweis unter die Nase hielt, verstummte er.

Bauer zeigte auf das Mikrofon.

„Ist das Ding an?“ Er musste schreien, um den allgemeinen Lärmpegel zu übertönen. Schmitz nickte.

„Hallo“, sprach er ins Mikro, und ein pfeifendes Geräusch ertönte. „Ich möchte für einen Moment um Ihre Aufmerksamkeit bitten! Könnten Sie bitte ruhig sein!“

Die Gespräche verebbten, und alle Augen im Saal richteten sich neugierig auf Bauers Gestalt.

„Mein Name ist Heinz Bauer“, fuhr er fort. „Ich bin leitender Hauptkommissar der Kriminalpolizei Steinfurt. Wir suchen Herrn Jakob Herbolt. Würden Sie bitte aufstehen und zu meinen Kollegen hinüber gehen?"

Am mittleren Tisch hieb jemand einem jungen Mann auf die Schulter. Andere starrten verblüfft über die Namensnennung zu ihm hin, wieder andere tuschelten hinter vorgehaltener Hand. Schließlich stand der junge Mann auf.

„Herr Herbolt?", fragte Bauer in seine Richtung. Der Mann nickte unsicher. Vom Eingang her setzten sich Holtkamp und Krämer in Bewegung. Als sie ihn erreichten, streckte er ihnen ohne ein Wort die Hände entgegen. Gleichzeitig versperrte Wilhelm Schmitz Bauer die Treppe.

„Was geht hier vor?", fuhr er den Beamten mit zorniger Stimme an. „Wieso verhaften Sie meinen Vereinskollegen? Da muss es sich doch wohl um ein Versehen handeln."

„Leider nicht, Herr Schmitz." Bauer bemerkte die aufkommende Verärgerung, und sie schien sich bereits in die ersten Reihen der Vereinsmitglieder ausgebreitet zu haben. Er musste eine Erklärung abgeben, auch wenn ihm nicht danach war.

„Mein Neffe ist Rechtsanwalt", knurrte Schmitz böse. „Er sitzt dahinten am Eingang. Wenn Sie wollen, kann ich ihn gleich herholen."

Bauer bemerkte im Augenwinkel, wie ein junger Mann bereits hastig in Richtung Bühne kam. Er warf Herbolt im Vorbeigehen ein paar aufmunternde Worte zu.

„Sie behindern eine polizeiliche Festnahme", sagte Bauer und verlieh seiner Stimme einen energischen Unterton.

„Ach ja?!" Schmitz schien unbeeindruckt und winkte seinen Neffen neben sich. Bauer erstarrte bei dessen Anblick.

„Hauptkommissar Bauer."

„Herr Giehsen?"

Der junge Rechtsanwalt grinste überheblich. „Darf man erfahren, was Sie jetzt wieder im Schilde führen? Oder schickt Sie meine tatterige Kollegin Teschner? Wenn dem so sein sollte, dann rate ich Ihnen …"

„Von Ihnen brauche ich keinen Rat", knurrte Bauer zurück.

„Sie vielleicht nicht", konterte Giehsen, „aber mein Vereinskamerad Jakob Herbolt wird ihn jetzt und hier bekommen. Was wollen Sie von ihm? Ich sehe, ihre Mitarbeiter haben ihm Handschellen angelegt. Wenn Sie ihn festnehmen wollen, haben Sie bestimmt auch etwas gegen ihn in der Hand. Ich wäre Ihnen verbunden, mir seinen Festnahmebescheid zu zeigen und die Gründe zu erläutern, die dazu führten, ihn als Verdächtigen zu verhaften. Und das bitte jetzt gleich."

„Sie wissen sicherlich", gab Bauer bissig zurück, „dass ich eine tatverdächtige Person auch ohne Festnahmebescheid einkassieren kann. Und Jakob steht unter dem dringenden Tatverdacht, Susanne Eschenbach entführt zu haben."

Bauers Stimme war laut, und seine Worte wurden mit Hilfe des Mikrofons dermaßen verstärkt, dass sie durch den ganzen Raum drangen. Die Reaktion war eine lähmende Stille, die sich im Saal ausbreitete. Jedem der Anwesenden verschlug es die Sprache und alle starrten zwischen dem Hauptkommissar und Jakob Herbolt hin und her.

Bauer verdeckte mit einer Hand das Mikrofon und sprach gedämpfter: „Herr Giehsen, wir sollten uns in einem weniger gefülltem Raum weiter unterhalten. Dort werde ich Ihnen

Rede und Antwort stehen, falls Sie Herrn Herbolt wirklich vertreten wollen."

Giehsen grinste süffisant. „Kluge Entscheidung. Kommen Sie; hinter der Bühne hat es ein Zimmer, in dem wir uns ruhig unterhalten können."

Bauer winkte mit einer Handbewegung seine Mitarbeiter auf die Bühne und betrat nach Giehsen den engen Raum, der außer einigen Stühlen nur Staub und eine nackte Glühbirne bot. Jakob Herbolt wurde von Krämer unsanft auf einen der Stühle gesetzt; Krämer stellte sich hinter ihn, um einen eventuellen Fluchtversuch zu vereiteln.

„Ist das wirklich nötig?"

Giehsen zeigte auf die Handschellen an Jakobs Händen, und Ingrid zog ihren Schlüssel aus der Tasche, um den jungen Landwirt zu befreien.

„Also." Der Rechtsanwalt schob seine Brille zurecht und sah Bauer herausfordernd an. „Was haben Sie gegen meinen Mandanten in der Hand?"

„Wir kennen das Motiv, warum er Susanne Eschenbach entführt hat."

„Aha. Ist das alles?"

Giehsens ironischer Blick legte sich auf Krämer.

„Sie haben also ein Motiv gefunden", fuhr er fort. „Schön für Sie. Aber jetzt beweisen Sie mir erst mal, dass mein Mandant diese Frau Eschenbach tatsächlich entführt hat. Können Sie das?"

Bauer schwieg und auch seine Kollegen wechselten nur betretene Blicke. Der junge Rechtsanwalt grinste blasiert.

„Na, ihren Blicken zu entnehmen, möchte ich sagen …"

„Halt die Klappe, Ernst", unterbrach ihn Jakob leise.

Giehsen drehte sich zu ihm um.

„Aber, Jakob, ich …"

„Sei ruhig, bitte." Herbolt nickte verlegen. „Sie haben Recht, Herr Kommissar, ich habe Susanne entführt. Ihr geht's gut."

„Wo ist sie?"

„In einer Hütte hinten auf unserem Acker."

Bauer nahm sich einen der Stühle, schob Giehsen zur Seite und setzte sich gegenüber von Herbolt hin.

„Warum haben Sie das gemacht?", fragte er.

„Sie hat mich übers Ohr gehauen", gab Jakob zurück und bohrte seine Augen in Bauers Gesicht. Fast tonlos fuhr er fort: „Sie hat mir zwei Millionen Euro abgeluchst. Ich hab sie in Fonds und Wertpapiere von dem Windpark angelegt, der in Horstmar gebaut werden sollte. Mit dem Stempel von unserem Bundesland darunter. Richtig staatlich gefördert. Susi versprach mir sieben Prozent Rendite in den kommenden fünf Jahren. Sieben Prozent, 140.000 Euro. Warum hätte ich da nein sagen sollen? Ich hab einen Kredit aufgenommen, den Hof verpfändet. Und dann hab ich gewartet. Vier Morgen Land sollte ich noch dazu geben, sagte Susi. Darauf wollten sie die Windgeneratoren stellen. Ein halbes Dutzend, hat sie versprochen. Die Dinger lagerten doch schon beim alten Jeschke. Was sollte also schiefgehen?!"

Jakob lachte hämisch und schob seinen Oberkörper nach vorne auf die Knie.

„Was ging schief?", hakte Bauer nach.

„Der alte Eschenbach wusste nichts von den Fondsgeschäften seiner Tochter. Dann kamen so'n paar einheimische Politikheinis auf die Idee, eine Umweltverträglichkeitsprüfung durchführen zu lassen. Und danach dürfen nur maximal zwei Generatoren räumlich zusammenhängen. Tja, und da war's aus mit dem Windpark."

„Wie haben Sie davon erfahren?"

„Mir fiel auf, dass eine Menge Lastwagen mit ausländischen Kennzeichen Jeschkes Hof aufsuchten. Und sie rollten mit voller Ladung wieder weg. Ich hab Jens gebeten, ein paar Informationen zu besorgen. Der war damals Fahrer bei Eschenbach."

„Er hat Kopien für Sie besorgt?"

„Jau. Und dann haben sie ihn gefeuert."

„Und Susanne Eschenbach wollte Ihnen das Geld nicht zurückgeben?"

„Genau. Ich hab ihr ein paar nette Briefe geschrieben, aber die reagierte einfach nicht darauf. Da kam mir die Idee mit der Bremsleitung."

Ehe Bauer etwas dazu sagen konnte, hob Jakob beschwichtigend die Hände.

„Ich weiß, das war blöd. Und wenn Sie mich dafür bestrafen wollen, okay. Ich hab Mist gebaut."

„Dazu kommt noch die Entführung", ergänzte Krämer hinter seinem Rücken die Liste der Vorwürfe, doch der Landwirt winkte ab.

„Entführung, Quatsch! Ich hab sie einkassiert, weil sie mich reingelegt hat."

„Warum sind Sie nicht zur Polizei gegangen?", hakte Bauer nach.

„Das wäre ich schon noch, Herr Kommissar. Aber seit die Borg mich auf dem Kieker hatte, musste ich vorsichtig sein. Sonst hätten Sie mir noch ihren Tod angehängt."

„Kommen wir also jetzt zu dem Punkt", sprach Bauer besonnen. „Sie waren nach dem Schützenfest …"

Jakob winkte ab. „Ja, ich war auf Jeschkes Hof, und ja, ich hatte mit Vera Streit. Ich ahnte schon länger, dass sie eine heiße Story anpacken wollte. Und das waren die heimlichen Geschäfte von Susi. Fondsaktien, die es eigentlich auf dem Markt noch gar nicht zu kaufen gab. Vera hat mich ausgequetscht, als sie merkte, dass ich ein Opfer dieser Fondspraktiken war. Und sie wollte alles von mir wissen. Ich bin nicht der einzige, den Susi reingelegt hat. Da draußen im Saal kann ich Ihnen zehn Leute zeigen, und ich glaub, dann hab ich noch nicht mal alle zusammen."

„Vera Borg haben Sie mit Ihren Informationen gefüttert."

„Ich hab ihr nicht alles erzählt, Herr Kommissar." Jakob strich sich verlegen über die Nase. „Deshalb war sie ja auch so sauer auf mich an dem Abend."

„Haben Sie sie ermordet?"

Holtkamps Frage quittierte der Landwirt mit einem heftigen Kopfschütteln.

„Nein", antwortete er energisch. „Oder sehen Sie darin ein Motiv, wenn mir eine Journalistin helfen will? Vera Borg hatte das vor. Sie wollte die Sache publik machen."

„Das wäre Susanne Eschenbachs Ruin geworden", bemerkte Ingrid.

„Exakt." Herbolt legte eine Hand auf Bauers Knie. „Herr Kommissar, Sie müssen mir glauben. Ich hab mit den Morden nix zu tun. Ich will nur mein Geld wieder haben."

Bauer sah ihm eine Weile in die Augen. In dem engen Raum war eine bedrückende Stille eingetreten. Selbst Giehsen sagte nichts. Schließlich nickte der Hauptkommissar.

„Trauen Sie Susanne Eschenbach einen Mord zu?"

Jakob grinste. „Wenn es ihrer Sache nützt, traue ich ihr alles zu."

„Dann zeigen Sie uns jetzt den Weg zu ihrer Scheune."

Das kleine Gebäude war bis auf die Grundmauern niedergebrannt. Hier und da züngelten Schwelbrände an rußgeschwärzten Holzbalken. Eine seltsame Ruhe hatte sich über dem Acker ausgebreitet, die von den letzten Sonnenstrahlen mit einem rötlichen Touch durchsetzt wurde.

Als Holtkamp den Dienstwagen vor der Hütte parkte, wusste zunächst keiner der Insassen etwas zu sagen. Jakob Herbolt stolperte aus dem Fond und stürzte zur Hütte hinüber. Nach einer kurzen Suche fand er die Kette, die er ein paar Stunden zuvor an Susanne Eschenbachs Fußgelenk befestigt hatte. Laut ihren Namen rufend, rang er verzweifelt mit der Last, sie könne in dem heftigen Feuer umgekommen sein. Bauer sandte seine Kollegen zur Hütte. Doch weder Holtkamp, Ingrid noch Krämer fanden Reste einer Leiche.

„Sie war da nicht mehr drin, als es gebrannt hat", stellte Krämer fest. „Die ist uns entwischt."

„Dann schreiben wir sie zur Fahndung aus", entschied sein Vorgesetzter. „Weit kann sie nicht gekommen sein."

Aus dem Hintergrund hörte Bauer seinen Namen, und unruhig ging er zu Jakob hinüber, der auf der anderen Seite der Hütte stand. Der Landwirt zeigte auf den matt schimmernden Acker.

„Hier sind Spuren", erklärte er aufgeregt. „Das mit dem Feuer war Erich. Er hat mich gesehen, als ich heute Nachmittag bei Susi war."

Unweit des Ackers konnte Bauer ein kleines Wäldchen erkennen. Mit einem unguten Gefühl bat er Holtkamp, eine Taschenlampe aus dem Wagen zu holen. Wenig später eilten die fünf Personen über das Feld. Kurz vor den ersten Bäumen blieben sie jedoch erschrocken stehen.

Erich hatte Susanne Eschenbach an einen Baum gebunden. Er selber saß mit wippendem Oberkörper daneben und schien der Wirklichkeit entrückt. Von der Ankunft der Beamten schien er nichts bemerkt zu haben. Erst als Jakob sich ihm vorsichtig näherte, stand er auf. Er griff zu einem Knüppel und hob ihn gegen Susanne.

„B… bleib st… stehn!", schrie er dabei. „Oder ich sch… schlag zu!"

„Hey, Erich." Jakob versuchte ihn zu beruhigen. „Ganz ruhig, mein Junge. Was ist denn los?"

„S… sie hat meinen Helden er… mordet", gab Erich mit irre funkelnden Augen zurück.

„Du weißt, dass das nicht stimmt, Erich."

„D… doch. S… sie hat's mir selber gesagt. Den alten J… Jeschke. Es war m… meine Idee, Jakob. Du w… weißt das."

„Ja, ich weiß es, Erich. Aber die Sache ist jetzt zu Ende. Komm, nimm den Stock runter."

Doch Erich packte den Baumast nur noch fester. Krämer zog im Hintergrund seine Dienstwaffe. Als Bauer das bemerkte, legte er seine Hand auf Krämers Arm und bedeutete durch ein Kopfnicken, keine unüberlegte Aktion zu machen.

„Nimm den Stock runter, Erich!", befahl Jakob derweil energischer. „Mach dich nicht unglücklich. Sie können dich dafür einbuchten. Du kommst für Jahre hinter Gitter, willst du das?! Will dein Held das?“

Erich stand für einen Moment starr. Dann verzog er das Gesicht und ließ den Stock sinken. Jakob ging zu ihm hinüber und nahm den dicken Ast aus seiner Hand. Er winkte Bauer zu sich.

XVII

Tobias Krämer und Alexander Holtkamp mussten sich ihr neues Büro teilen. Sie würden von nun an gemeinsam recherchieren oder gemeinsam auf Streife gehen, je nachdem, wie es Bauer gefiel. Keinem von beiden schmeckte dieser Gedanke besonders gut, aber was sollten sie machen.

Das Verfahren gegen Krämer hatte man vor zwei Tagen eingestellt. Giehsens Mandantin hatte ihre Anzeige wegen sexueller Nötigung zurückgezogen, was dem aufstrebsamen Rechtsanwalt augenfällig missfiel. Bauer hatte Krämer dann die Hand hingehalten und Krämer gab an, dass es ihn weder nach Duisburg noch nach Münster zurückzog. In Windeseile hatte man seinem Versetzungsgesuch nach Steinfurt zugestimmt; vielleicht ein Verdienst seines Onkels Dr. Lenz, der in seinem Neffen hinter vorgehaltener Hand bereits den neuen Leiter der Kripoabteilung Steinfurt sah. Doch noch hatte Heinz Bauer die Fäden in der Hand und er hatte nicht vor, in einen vorzeitigen Ruhestand zu treten.
So wie Jürgen Arents.

Heinz Bauer hatte sich ein paar Tage frei genommen. Er meinte, seiner Tochter beistehen zu müssen, die sich zu Hause erholte. Außer dem gebrochenen Bein und einigen Kratzern hatte sie einen derben Schock erlitten. Darüber hinaus wollte er aber auch versuchen, mit Jürgen Arents zusammen dessen Zukunft, so kurz sie auch sein mochte, zu planen. Das war er seinem langjährigen Freund schuldig. Vielleicht gab es doch einen Grund, der Arents dazu bringen konnte, der Chemotherapie zuzustimmen.

So kam es, dass Holtkamp alleine mit Krämer einen Neustart wagte. Ingrid huschte seit einiger Zeit immer weniger durchs Revier. Man munkelte, sie habe einen „Neuen“, den aber keiner kannte.

Krämer nippte an seiner Tasse und schloss die Akte Borg-Jeschke.

„Tja“, bemerkte er und verschränkte die Hände hinter dem Kopf. „Wer hätte gedacht, dass der olle Jeschke doch Selbstmord begangen hat, nachdem er die Borg erstach. Auch wenn er mehr oder weniger zu seinem Handeln genötigt wurde.“

Holtkamp schmunzelte. „Du hast am allerwenigsten daran gedacht. Wenn ich dich erinnern darf …“

„Darfst du nicht!“, polterte sein Kollege von der anderen Seite des Schreibtisches los. „Komm mir jetzt nicht mit irgendwelchen Worten, die ich mal gegen euer dream team losgelassen hab.“

„Da wär ich an deiner Stelle auch vorsichtig. Du gehörst jetzt zu diesem dream team.“

„Stimmt. Wie gesagt, ich hab es auch nicht geglaubt. Wie war das noch? Die Borg und Susi Eschenbach hatten einen Streit in der Tenne …“

„… über die Fondsverkäufe, die sie durchzog“, vollendete Holtkamp den angefangenen Satz. „Vera hat sie dort lautstark zur Rede gestellt. Der alte Jeschke ist dann dazu gekommen. Und als Susanne Eschenbach handgreiflich wurde, hat er die Mistgabel genommen, um die beiden Streithähne …“

„Hennen“, verbesserte Krämer ihn glucksend.

„Hennen zu trennen“, beendete sein Kollege den Satz.

„Reimt sich."

„Der alte Jeschke war außer sich, als er sah, was er angerichtet hatte. Und die Eschenbach hat es meiner Meinung nach geschickt verstanden, seinen großen Kummer für ihre Pläne umzusetzen. Die Borg lag blutüberströmt auf dem Tennenboden, und Jeschke war dermaßen eingeschüchtert, dass er alles gemacht hat, was sie sagte."

„Veras Leiche herrichten und den Abschiedsbrief schreiben."

„Genau. Dann hat sie Jeschke überredet, sich mit dem Gewehr ins Bett zu legen."

„Und dann hat sie abgedrückt."

Holtkamp wiegte den Kopf. „In dem Punkt widerspricht sie sich noch. Mal gibt sie zu, abgedrückt zu haben, mal sagt sie, Jeschke hat es selber gemacht. Aber irgendwann nageln wir sie fest, dass sie es gewesen ist, die den Abzug betätigt hat. Alles eine Frage der Zeit. Soll sie halt noch etwas in ihrer Zelle schmoren."

„Wie auch immer. Die Frau ist eiskalt", bemerkte Krämer und schluckte den Rest aus seiner Kaffeetasse herunter.

„Allerdings. Und genau so eiskalt, wie sie Jeschke in den Tod getrieben hat, hat sie ihre Windgeneratorenfonds an die armen Leute aus Leer verschachert. Ihr Vater ist aus allen Wolken gefallen, als er das hörte. Der wusste von gar nichts."

„Was passiert jetzt mit ihr?"

„Wenn sie einen milden Richter findet", gab Holtkamp zurück, „kommt sie mit ein paar Jahren davon. Verkauf von fingierten Fonds, Vertuschung einer Straftat, genötigter Selbstmord; also, wenn ich der Richter wäre, ich wäre nicht sehr milde."

„Du bist aber kein Richter." Krämer lächelte. „Die Frau bekommt ihre gerechte Strafe, da mach dir mal keine Sorgen. Hast du eigentlich was von Erich gehört?"

„Unser Krimischreiberling?! Ich glaube, der hat gar nicht richtig begriffen, was wir von ihm wollten. Der hat nur seinen Helden vor Augen gehabt und versucht, sich in die andere Welt zu retten. Unser Boss hat eine Sozialarbeiterin vom Jugendamt auf ihn angesetzt. Vielleicht kann die ihn aus den Krallen seines Vaters retten. Jedenfalls ist der Junge arm dran, wenn du mich fragst."

„Wie man's nimmt", sagte Krämer. „Psychopathischer Irrer mit einer krankhaften Fantasie, die ihn treibt. Nicht gefährlich, aber man weiß ja nie."

„Er hat ein schwieriges Zuhause", versuchte Holtkamp Erich zu verteidigen.

Krämer winkte ab. „Das behaupten viele Kriminelle, die auf die schiefe Bahn geraten. Okay, Erichs Alter mag extrem sein, und andere haben genau so extreme Eltern gehabt, aber die können doch nicht alle losrennen und wahllos Leute umbringen, nur weil sie in ihrer Kindheit ein paar Schläge einstecken mussten?!"

„Wenn sie's nicht täten, wärst du arbeitslos."

„Quatsch. Dann wär ich Landwirt."

Holtkamp lachte auf. „Jau. Du und ein Bauer. Sei froh, dass du die Jauche aus deinen Klamotten rausgekriegt hast. Als Bauer würdest du jeden Tag so stinken."

„Erinnere mich nicht daran", sagte Krämer und verzog das Gesicht. „Ich schreib gerade an meinem Bericht über diesen Jakob Herbolt. Den kann ich irgendwie verstehen. Wenn ich so reingelegt worden wäre, wie er, dann hätte ich mir die

Eschenbach auch geschnappt."

„Ihm wird es aber ein paar Monate einbringen. Eine Entführung ist kein Pappenstiel, und der Staatsanwalt will an ihm ohnehin ein Exempel statuieren, um anderen stokern einen Riegel vorzuschieben."

„Okay", bemerkte Krämer. „Das letzte find ich in Ordnung. Das mit den Drohbriefen war blöd von ihm. Aber die Entführung; na ja, ich weiß nicht mal, ob's eine im klassischen Sinne war."

„Tja, von alter und nicht rostender Liebe war jedenfalls nichts zu sehen."

Krämer hob einen Finger. „Das war das Stichwort", sagte er lächelnd. „Ich habe gehört, unsere Kollegin hat einen neuen Freier. Weißt du was darüber?"

Holtkamp zog nur schelmisch die Mundwinkel hoch.

„Vielleicht."

Sein Kollege lachte auf. „Naja, wie dem auch sei." Er überlegte einen Moment, ehe er weitersprach. „Eines wollte ich doch schon die ganze Zeit fragen: Du und Ingrid, habt ihr schon zusammen geschlafen?"

Holtkamps Gesicht verlor innerhalb einer Sekunde an Güte.

„Selbst wenn", betonte er energisch, „dich geht das nichts an! Lass sie in Ruhe, du hast doch keine Chance bei ihr."

In diesem Moment steckte Ingrid ihren Kopf durch die angelehnte Tür. Als sie lächelnd ganz in den Raum trat, zog sie einen schmächtigen, jungen Mann hinter sich her, der verlegen seine freie Hand zum Gruß erhob.

„Hallo, Jungs", sagte sie. „Na, wieder mal einen kleinen Zwist?"

Ihre Kollegen wussten nichts zu erwidern. Der Anblick des blassen Jünglings neben Ingrid verschlug ihnen die Sprache.

„Das ist Max", gestand Ingrid immer noch lächelnd. „Ich gehe mit ihm einen Kaffee trinken, falls ihr mich nicht mehr braucht. Bis dann, Tschüss"

Damit verschwand sie aus dem Büro und zog ihren neuen Freund gleich wieder mit hinaus. Die beiden Beamten am Schreibtisch starrten ihnen eine geraume Zeit hinterher, ohne dass ihnen ein Wort über die Lippen kam.

Schließlich wandte sich Krämer an Alex. „Was hat der Typ, was wir nicht haben?!"

„Ihre Zuneigung?!", gab Holtkamp zurück.

Krämer schmunzelte. „Könnte was dran sein." Dann sprach er mit dezent überdrehter Stimme: „Sollen wir auch einen Kaffee zusammen trinken, hm?"

Holtkamp hob spielerisch drohend eine Faust und wandte sich wieder seinem Bericht zu. Er gönnte Ingrid die Schmetterlinge im Bauch. Solange sie diese Sammlung nicht mit Krämer teilen würde.

Der Autor:

KLAUS UHLENBROCK, geboren 1964 in Steinfurt-Borghorst / Westf., machte 1986 in Münster sein Examen als Kinderkrankenpfleger und arbeitet in der Dialyse-Abteilung eines Krankenhauses.
Anfang der 80er-Jahre begann er zu schreiben. 1997 erschienen seine ersten Kriminalromane „Regen über Vietnam“ und „Mit Grüßen aus Holland“. Diesen folgten ab 2002 bislang drei weitere Regionalkrimis aus dem Münsterland: „Jenseits der Schwelle“, „Unter den Eichen“ und „In Requiem Pace“.
Seit 2002 arbeitet er darüber hinaus an einigen Hörspielen sowie Drehbüchern und schrieb ein Theaterstück, das vom Theater Konkret e. V. aufgeführt wurde.
Klaus Uhlenbrock ist verheiratet, hat zwei Kinder und lebt in Steinfurt.
Weitere Informationen finden Sie unter www.uhlenkrimi.de